DEBUT D'UNE SERIE DE DOCUMENTS
EN COULEUR

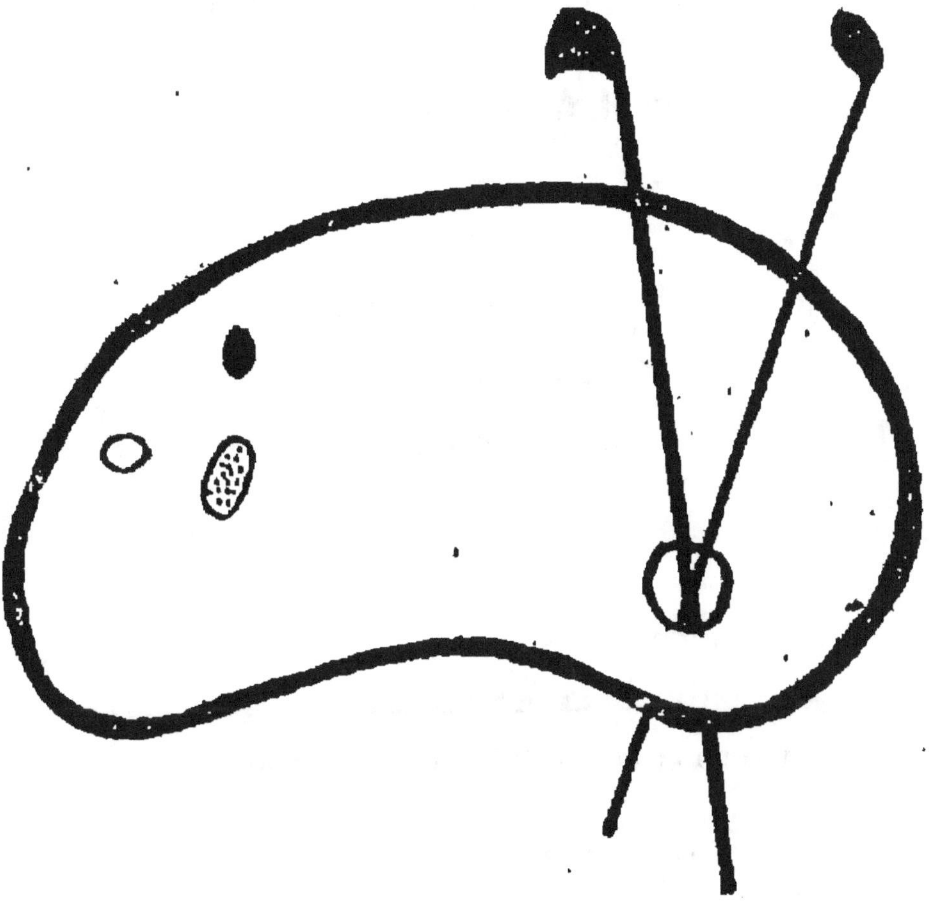

GALERIE THÉATRALE

DE

M. H. A. SOLEIROL

TABLEAUX

PASTELS

SCULPTURE

LIVRES

VENTE

Les 29 et 30 Avril, 1er et 2 Mai 1861

Me DELBERGUE-CORMONT,	M. VIGNÈRES,
COMMISSAIRE-PRISEUR.	MARCHAND D'ESTAMPES.

1861

Cette Collection *(illisible)* — Coutait environ 8,000.

BENOU ET MAULDE
Imprimeurs de la Cie des Com.-Priseurs,
Rue de Rivoli, 144.

PORTRAITS EN BISTRE

Collection de Portraits inédits ou rares de Personnages célèbres

REPRODUITS NOUVELLEMENT PAR LA GRAVURE

Publiés par VIGNÈRES, marchand d'Estampes

Rue de la Monnaie, 13, à l'entresol, entrée rue Baillet, 1.

ALBANY (Louise-Max. de Stolberg, comtesse d'),   Gravée par Varin.
AMOROS, colonel, fondateur de la gymnastique en France,   id.
ARGOUT (Antoine-Maurice-Apollinaire, comte d'),   J. Porreau.
BABEUF (F.-N.-Gracchus), journaliste,   id.
BARÈRE (Bertrand), de Vieuzac, conventionnel,   id.
BEAUHARNAIS (comtesse Stéphanie de , poète, romancière,   Sisco.
BERRUYER, général, commandant des Invalides,   J. Porreau.
BERTRAND DE MOLLEVILLE, marquis, ministre, littérateur,   id.
BIÈVRE (marquis de), célèbre auteur de calembours,   id.
BLANCHARD (Madeleine-Sophie-ARMAND. Madame), aéronaute,   id.
BONJOUR (Casimir), auteur dramatique.   id.
BORGHÈSE (Camille Philippe Louis), prince.   id.
BOSSUT (Charles), mathématicien,   id.
BRAZIER (Nicolas), auteur dramatique, d'après Marlet.   id.
BRISSOT (J.-P.), de Varville, conventionnel,   id.
CANCLAUX (J.-B. Camille, comte de), général, pair,   id.
CAYLA (comtesse de), née Talon, d'après le bar. Gérard,   Massard.
CLOUET dit JANET (François), peintre de portraits,   J. Porreau.
COCHON, comte de l'APPARENT, conventionnel, ministre,   id.
DEBUREAU, acteur des Funambules, Pierrot,   id.
DE FERMONT (comte), député, conseiller d'État,   id.
DEVIENNE, actrice, Théâtre-Français,   Normand.
DONADIEU, baron, général de division,   J. Porreau.
DORAT-CUBIÈRES PALMEZEAUX, poète, auteur dramat.   id.
DROZ (Joseph), littérateur, académicien,   id.
DUCHESNE aîné, conservateur du cabinet des estampes,   id.
DUCOS (Roger), avocat, constitut., 3e consul provisoire,   id.
ÉLIE DE BEAUMONT, avocat au Parlement de Paris,   Devritz.
EMPIS (Adolphe), auteur dramatique,   J. Porreau.
ÉPAGNY (d'), poète dramatique,   id.
FABRE DE L'AUDE (comte), député, pair, littérateur.   id.
FIEVÉE (J.), littérateur, auteur dramatique,   id.
FRÉRON (Louis-Stanislas), conventionnel,   id
FROCHOT, comte, préfet, député,   id.
GARNERIN (A.-J.), inventeur du parachute,   id
GARNERIN (Élisa), aéronaute,   id.
GAUDIN, duc de Gaëte, ministre des finances,   id.
GENLIS (A. Brulard, comte de) cap. des gardes, convent.,   id.
GEOFFROY (J.-L.), critique, journaliste,   id.

Godoi (don Manuel), prince de la Paix,	Varin.
Gouffé (Armand), chansonnier, vaudevilliste,	J. Porreau.
Guimard (Mademoiselle), danseuse,	id.
Jouffroy (Théodore-Simon), professeur, académicien,	id.
Jousselin de Lasalle, homme de lettres,	id.
Kant (Emmanuel), philosophe allemand,	Bracquemond.
Lainé (J.-H., vicomte), ministre et académicien,	J. Porreau.
Lamballe (princesse de), dess. d'ap. nature par Gabriel,	id.
Lasource (M.-David-Albin de), député du Tarn,	id.
Lavallière (L.-F. de la Baume, duchesse de),	id.
Lecotte (Edme-Aimé, lieut.-général, comte, né à Dijon,	id.
Marat, à la tribune, dess. d'après nature par Gabriel,	id.
Martin (Louis-Aimé, littérateur,	id.
Mazères (Édouard), auteur dramatique,	id.
Mesmer, auteur du magnétisme animal,	id.
Mézeray, actrice, Théâtre-Français,	Normand.
Orléans, duc de Montpensier (Ant.-Philippe d'), 1773-1807.	J. Porreau.
Persuis (L. Loiseau de), musicien, d'ap. Pierre Guérin,	id.
Pettet (Claude), député, ministre de la guerre,	id.
Philidor (André-Danican), musicien, auteur du jeu d'échecs,	id.
Pilon (Germain), sculpteur, 1550,	id.
Pixerécourt (Guilbert de), fac-simile, d'après J. Boilly, in-4.	id.
Pongerville (Samson de), académicien,	id.
Pontus de la Gardie, général en Suède,	id.
Ramel-Nogaret, Ministre des finances, préfet,	id.
Reveillère-Lepaux, botaniste, théophilanthrope,	id.
Robert-Lindet, député, conventionnel, ministre,	id.
Romme (Gilbert), conventionnel,	id.
Rouget de L'Isle, auteur de *la Marseillaise*, musicien,	Varin.
Saint-Huruge (marquis de),	J. Porreau.
Saint-Prix, acteur, Comédie-Française,	id.
Saint-Simon (Claude-H, comte de), philosophe,	Perrot.
Silvain Maréchal, poète et littérateur,	Devritz.
Tallien (Madame), née Cabarus, d'après le baron Gérard,	Massard.
Treilhard (J.-B., comte), député, ministre, etc.,	J. Porreau.
Tronson du Coudray, avocat, du Conseil des Anciens.	id.
Vadier (A.), député aux États-Généraux.	id.
Vatout (J.), poète, académicien, bibliothécaire,	Varin.
Vigée (L.-G.-B.-E.), poète et auteur dramatique,	J. Porreau.
Cartouche (Louis-Dominique), fameux voleur.	Lallemand
Mandrin (Louis), fameux contrebandier,	Delaistre.

Chaque portrait pouvant entrer dans un in-8 est tiré in-4.
Avec la lettre, papier blanc, 1 fr.; papier de Chine, 1 fr. 25 c.
Avant la lettre, papier blanc, 1 fr. 50 c.; papier de Chine, 2 fr.
Dont il n'est tiré que 20 épr. blanc et 5 Chine.

Afin de faciliter les recherches des amateurs de portraits, soit pour les illustrations, soit pour les collections d'autographes ou autres, *un Catalogue détaillé* de quelques collections de portraits qui peuvent se trouver chez moi, classés par ordre alphabétique, sera remis aux personnes qui en feront la demande affranchie.

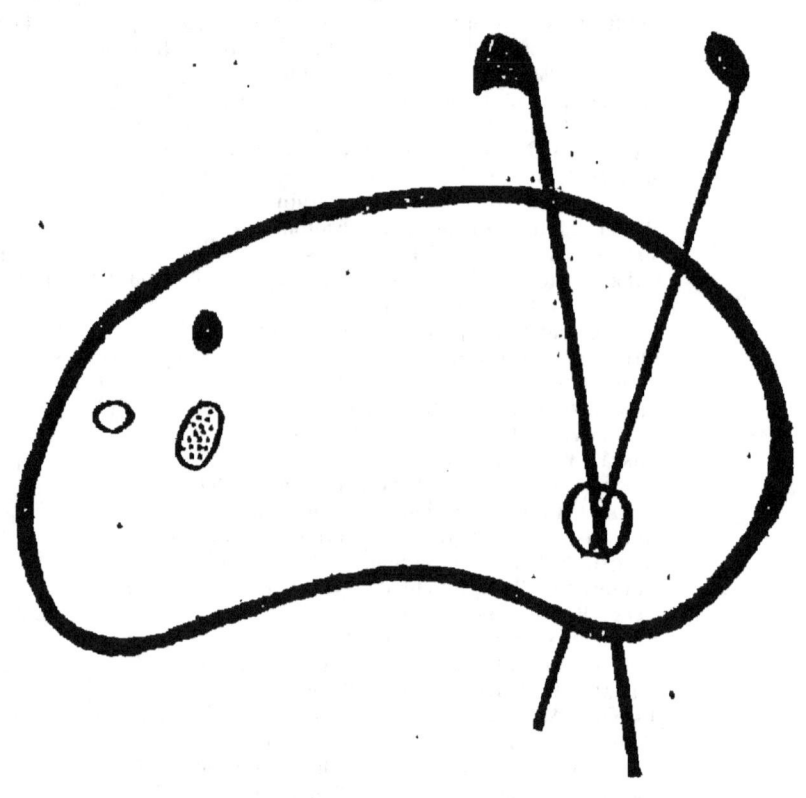

FIN D'UNE SERIE DE DOCUMENTS
EN COULEUR

CATALOGUE

DE LA

GALERIE THÉATRALE

Recueillie par feu M. H. A. **SOLEIROL**

CHEF DE BATAILLON DU GÉNIE, EN RETRAITE

PORTRAITS

D'ARTISTES DRAMATIQUES

Chanteurs, Comédiens.
Danseurs, Musiciens, Poëtes, Auteurs,

PEINTS A L'HUILE, DESSINÉS AU PASTEL

Sculpture, Bas-relief, Biscuit, Bronze, Cire, Terre cuite, Plâtre,
Livres sur l'art dramatique, Pièces de Théatres, Biographies,

DONT LA VENTE AURA LIEU

HOTEL DES COMMISSAIRES-PRISEURS

Rue Drouot, n° 5

SALLE N° 3, AU 1er ÉTAGE

Les Lundi 29, Mardi 30 Avril, Mercredi 1er et Jeudi 2 Mai 1861

A UNE HEURE

Par le ministère de M° **DELBERGUE-CORMONT**, C¹°-Priseur,
rue de Provence, 8,

Assisté de M. **VIGNÈRES**, Marchand d'Estampes,
rue de la Monnaie, 13, à l'entresol, entrée rue Baillet, 1,

Chez lequel se distribue le présent Catalogue.

EXPOSITION PUBLIQUE

Le Dimanche 28 Avril, de 1 heure à 4 heures.

PARIS — 1861

L'ordre du Catalogue sera suivi.

D'après convention avec feu M. SOLEIROL, nous avons suivi
ses notes et attributions, et désigné en *italique* les noms et
signatures peints ou écrits sur l'objet.

CONDITIONS DE LA VENTE

Elle sera faite au comptant.

Les acquéreurs paieront, en sus des adjudications, CINQ
pour cent, applicables au frais.

NOTICE BIOGRAPHIQUE

HENRI-AUGUSTIN SOLEIROL, né à Verdun (Meuse) en 1792, fut élevé dans l'intérieur de sa famille; la nécessité de se créer des distractions a dû contribuer au développement de son goût pour les collections.

A quinze ans, la flore française lui fournissait des récréations agréables pendant les heures qu'il ne consacrait pas à des études plus sérieuses.

Admis à l'École polytechnique en 1810, et à l'École de Metz en 1812, comme sous-lieutenant dans l'arme du génie, il fut employé dans la direction de Strasbourg et principalement dans le fort de Kehl, bloqué lors de la campagne de 1814.

De 1815 à 1820, attaché successivement au premier régiment du génie, aux directions de Metz et de Strasbourg, il eut la possibilité, dans ses loisirs, de former une collection importante des plantes de l'Alsace et de la Lorraine.

En 1820, il reçut l'ordre de se rendre en Corse, île remarquable en cela que, dans quatre-vingts kilomètres on y trouve les plantes de la végétation africaine et celles qui vivent au pied des glaciers.

Après trois ans de résidence à Calvi, il possédait un herbier contenant plus de cent plantes non décrites dans la flore française, et dont plusieurs, jusqu'alors inconnues, ont été désignées, par les maîtres de la science, comme étant le produit de ses explorations (Helxine Soleirolii, Duby. Bot Gall. T. I. p. 418; H. in locis humidis Corsicæ Soleirol, etc.)

Le grand nombre de doubles qu'il avait rapportés de cet île, peu visitée par les botanistes, le mit à même de faire des échanges et d'augmenter sa collection, qui comprenait environ douze mille plantes.

En 1835 il fut placé dans la direction de Paris, et la même année il éprouvait une indisposition de poitrine qui pouvait devenir dangereuse, suivant l'avis des médecins; soumis à un régime rigoureux, il devait surtout éviter les réunions où il ne pouvait se dispenser de parler.

Pour se conformer à cette prescription il se rendait chaque soir aux théâtres; c'est en 1840 que lui vint l'idée de posséder les portraits des acteurs et actrices qu'il voyait si souvent, et de cette année date le commencement de sa collection.

A côté des talents qu'il avait admirés la veille, il mit ceux dont la réputation fut autrefois célèbre et enfin finit par vouloir tout ce qui touchait au théâtre, acteurs, musiciens, auteurs dramatiques, danseurs, écuyers, farceurs de l'ancien temps, de l'origine du théâtre du Marais et de l'hôtel de Bourgogne.

Lorsqu'il achetait un portrait dont le nom n'était pas connu, c'était avec une patience infatigable qu'il le cherchait en s'aidant des livres, des costumes, des coiffures du temps où le portrait avait été fait; c'était une véritable énigme qui l'intéressait par cela même qu'elle présentait plus de difficultés.

Les ouvrages qui traitent du théâtre lui étaient utiles et sa collection de pièces, dont le nombre dépasse mille, lui fournissait des données quand elles portaient les noms des acteurs qui s'étaient chargés de remplir les rôles.

Il achetait volontiers plusieurs portraits du même personnage, pour comparer les âges et les modes des époques.

Il ne collait l'étiquette qu'après de longues recherches sur les dates où le rôle fut joué.

Lorsqu'il achetait un portrait avec un nom sur étiquette et qu'il avait quelque méfiance sur l'exactitude de la dénomination, il en ajournait l'examen jusqu'à ce qu'il eût obtenu de nouveaux renseignements qui pussent lui faire reconnaître si l'attribution était vraie ou fausse.

Amateur passionné de bonne musique, il fut un des premiers souscripteurs de la Société des Concerts et n'y manqua jamais.

Il fit imprimer deux mémoires sur des questions relatives aux travaux confiés à la surveillance des ingénieurs militaires.

1° *Mémoire sur les marchés relatifs au service du génie.* (Metz, imprimerie de Dosquet, 1833.)

2° *Recueil d'expériences sur les mortiers de construction.* (Paris. Anselin, 1838.)

Ces deux ouvrages montrent combien il apportait de soins dans les rédactions qui exigent de la patience.

Une brochure dont le titre est *Molière et sa troupe;* 131 pages grand in-8 avec 5 planches gravées, (Paris 1858) renferme ses études sur cet homme célèbre; plusieurs notes intitulées *Conjectures,* jettent du jour sur quelques faits inexpliqués.

SOL......

2 . 25   6 portrait 0

2 . 50   6

4 . 25   6 — 33 – 35 – 45 – 55 – 119 – 126

3 —   6 — 56 – 100 – 118 – 120 – 153 – 163

1 50   4 — 229 – 330 – 360 – 422

2 50   6   342 – 371 – 391 – 395 – 404

2 . 25   ⑥   218 – 219 – 222 – 234 – 289 – 3577

3 —   5   223 – 235 – 238 – 317 – 323

1 – 50   6   449 – 501 – 522 – 558 – 613 – 641

4   11 { 459 – 447 – 438 – 666 – 634 – 636 – 439
              507 – 524 – 444 – 540

4 25   8 . { 441 – 459 – 475 – 506 – 514 – 525
               621 – 630

4   5 – 534 – 665 – 457 – 434 – 599

8   5 – 589 – 644 – 432 – 263 – 367

TABLEAUX

—∾∿—

ANCIENS ACTEURS
de l'Hôtel de Bourgogne, etc.

1 Alison, dit Poirier, masque noir, 2 rôles différents.
Bruscambille. — Camouche, 2 différents. — Chevalier. — Dangeville, masque noir, 3 rôles. — Dufey, 3 rôles — Fison. — Gandolin, 3 rôles. —
Gauthier-Garguille, masque vert, 2 rôles. — Gros-
Guillaume, 4 rôles. — Guillot Gorju, 2 rôles, masque noir. — Jodelet. — P. Poisson. — M. A. Romagnesi, 2 rôles. — Villiers, 2 rôles. — 30 têtes,
pourra être divisé. *12*

229

33-50   2 Desessart. — Lavoy. — Minart. — P. Poisson. —
Préville, 2 rôles, 6 bustes. *3*

2   3 Belmont (Mad.), rôle d'Agnès Sorel. — Damas. —
Duchesnois (Mlle). — Saulnier (Mlle Victoire), dans
Paul et Virginie, 4 portraits en costumes en pied
peints sur tôle. *4 50*

2 1   4 Hardouin (de). — Gautier-Garguille, 2 têtes presque
nature, en grisailles. *2*

54   5 Desoeillet, 2 rôles différents. — Dufey. — Gros-
Guillaume. — Mathelin-Taillasson. — Neveu. — 6
têtes en grisailles. *5*

2/0   6 Barilli. — Béjart-Cadet. — Camerani. — Carlin
dans 3 rôles. — Caproux. — Colalto. — Duchemin
fils. — Gandolin. — Gauthier-Garguille. — Gellu
dans 2 rôles. — Gros-Guillaume. — Guillot-Gorju. —
Jodelet. — Jean de la Serre. - — Lekain, rôle d'Oros- *21*

mane et 3 autres. — Longchamps. Marignan. — Mathelin, 3 rôles. — Montfleury, 2 rôles. — Pequet. — Rochard. — Suin, 2 rôles. — Turlupin. — 33 bustes nature peints en grisaille, pourra être divisé.

23 7 Albert. — Ansaldi. — Anziani, 2. — Armandoniesi. — Barata. — Bebio, 2. — Bechart. — Bertini. — Biet, 2. — Bonzi. — Boschi, 2. — Brecourt. — Broquin. — Camouche. — Cattani. — Chatelain. — Copy. — Curado, 3. — Dazincourt. — Desalle, 2. — — Dodsley. — Dorceville. — Dorimont. — Duchemin. — Ducroisy-Dufey. — Dufey le fils. — Defrène. — Dumenil. — Dumirail. — Durocher. — Dusancy. — Elix. — Jean Farine. — Frosini. — Gateschi. — Giliesi. — Greban. — Gricci. — Gros-Guillaume. — Guissant. — Jodot. — Lecourot. — Manetti. — Marchand. — Masop. — Massay. — Methain. — Michel, 2. — Molinet. — Nini. — Nizi. — Pegue. — Philipo. — Raisin. — Rich aîné. — Riech. — Roselis Courtin, 2. — Rosely Montet. — Rovedosi. — Ruffin. — Rutati. — Salvi. — Sary, 2. — Sedaine. — Solle. — Sparelli. — Thais. — Tiérau. — Vellene, 2. — Viviani. — Ve l'ange. — Voodward. — Yoles. — 86 petites têtes en grisailles sur carton. **215**

ACTEURS, ACTRICES, MUSICIENS & AUTEURS.

1	25	8 **Abbott,** acteur anglais en pied, esquisse sur carton.	4
1	75	9 **Abbott,** buste nature.	9
1	25	10 **Abbott,** buste.	5
1		11 **Adam** (J. Louis), né en 1759, buste.	10

6   —12 **Adrien**, chanteur de l'Opéra, buste. *Samb, pinxit.*   1   25

17   —13 **Allard** (Mlle), buste, cadre ovale.   5   50

5   — 14 **Anaïs**, Théâtre-Français, buste sur panneau.   1   75

7   —15 **Anatole** (Mad.), danseuse, Opéra, petit buste sur bois, encadré. *Ochard 1826*   2   25

10   — 16 **Ancelot**, auteur dramatique, en pied, dans son intérieur. *Ochard 1825*   2   Vig

2-50   —17 **Andrieux**, Académicien, *O. Roland*, 1814, buste.   1

   —18 **Antier** aînée (Mlle Marie), 1re cantatrice, Opéra, rôle de Diane dans le ballet, les *Amours des Déesses*, de Quinault, 1729, à mi-corps, sur cuivre, encadré.   11   50

10   —19 **Armand** (François-Huguet), buste attribué à Gillot.   1

40   —20 **Arnould** (Sophie), en pied, rôle d'Electre, encadré.   42

4-50   — 21 **Arnould** (Sophie), buste.   1   25

10   —22 **Arnould** (Sophie), petit buste encadré.   11

3   —23 **Audinot**, petit buste.   2

4   — 24 **Bannister**, rôle de joueur, petit buste.   1

6   25 **Bannister**, buste nature, *Schmitz, anno XI.*   1

20   — 26 **Baptiste** aîné, rôle de Robert, chef de brigands, petit buste, très-bien peint sur bois par Bilcoq, vers 1793, a été gravé en couleur par Alix, encadré.   17   Vig

3-50   27 **Baptiste** aîné, buste.   1   25

5   28 **Baptiste** cadet, buste profil.   2

11   — 29 **Baptiste** cadet, tête.   8   25 Vig

1   —30 **Baret** (Mlle), de la Troupe des Fondeurs, Th. de Belleville, à mi-corps. *Salviani 1843*   1

6   50   —31 **Barilli** (Mad.), buste, *Vangorp*, encadré.   5

9 5 ·····32 **Baron** (Etienne), 1698 à 1700, buste grandeur na-   *9 0*
ture, *très-beau.*

o ··· 33 **Baron**, 1784, très-jeune, buste.   *4*

1 o ··· 34 **Baron** (Mad.), à mi-corps, ovale, a coûté 400 fr.   *2 5*
à M. Lenoble en 1811 à Versailles.

o ·· 35 **Baron** (Mad.), à Rouen, buste.   *2*

1 ··· 36 **Barré**, buste nature, peint par *Menié.*   *7*

1 5o ··· 37 **Basset** (Mlle), Opéra, 1703, buste, poudré.   *1 o*

5 38 **Beauchateau** (Mad.), Madeleine Dubourget,   *3 o*
Théâtre-Français, beau buste ovale.

Vig *20* ··· 39 **Beauval** (Mad.), Jeanne-Olivier Bourguignon,   *20 Mll 15*
Théâtre-Français.

1 ··· 40 **Beck** (François), de Bordeaux, compositeur, buste   *14*
ovale.

Vig *3 o* ··· 41 **Béjart** (Madeleine), belle-mère de Molière, buste   *20 Mll 15*
ovale.

1 25 · 42 **Bellecourt**, petit buste sur carton, encadré.   *7*

2 43 **Bellecourt**, buste ovale.   *1 1*

1 ·· 44 **Bellecourt**, buste ovale.   *9*

o ··· 45 **Bellemont**, Comédie-Française, buste.   *9*

2. ··· 46 **Benoist**, (Ch.-Philippe), à 36 ans, buste ovale.   *6*

1 25 ··· 47 **Benoist**, (Mad.), buste ovale.   *5*

1 5o · 48 **Beomenil**, théâtre de Nicolet, buste.   *6*

3 49 **Bérault**, (Mad.), buste, peinte par son mari qui   *5*
était également acteur.

1 ··· 50 **Bertaud**, compositeur, buste.   *6*

o ··· 51 **Bertin**, théâtre des Panoramas, tête sur carton.   *6*

2 ··· 52 **Berton** (Henri), compositeur, appuyé sur le duo   *12*
de Françoise de Foix, petit buste. *Décès 1813* *13*

1 ··· 53 **Bettiani** (Mad.), du grand théâtre de Vienne,   *4*
peinte en août 1818 par Finilisch, buste.

8	— 54 **Biet**, théâtre des Arts à Rouen, buste.	1
3	— 55 **Billioni** (Mad.), cantatrice italienne, mère du maître de ballet de la Comédie-Italienne.	2 50
9	— 56 **Blache** (Frédéric), danseur, buste.	0
10	— 57 **Bland** (Mad.), actrice anglaise, buste.	1 25
11	— 58 **Blondeau** (Mlle), pianiste, buste.	1 75
18	— 59 **Bobèche**, buste peint par Maricaut.	1.5
7	— 60 **Boccabadati** (Mad.), buste très-ressemblant, un de ses amis en fit faire une copie.	1 50
10	— 61 **Boieldieu**, compositeur, buste nature.	3
6	— 62 **Bolla** (Mlle), en pied, dans son intérieur.	6 50
3 - 50	— 63 **Bonami** (Mad), théâtre de la Foire, peinte par Godart.	1 25
3	— 64 **Bonaparte** (la reine Hortense), en pied, assise.	2
26	— 65 **Bouffé**, composition; il est représenté dans 19 rôles; le nom de chaque rôle avec un numéro en haut.	7
3	— 66 **Bourgoin** (Mlle), très-jeune, avant ses débuts, 2 têtes, esquisses attribuées à David.	1
11	— 67 **Bourgoin** (Mlle Thérèse), Théâtre-Français, buste.	2 75
36	— 68 **Bourgoin** étant jeune, buste nature, encadré.	16
12	— 69 **Bourgoin** coiffée d'un voile, buste.	6
13	— 70 **Bourgoin**, buste.	5 50
10	— 71 **Boyron**, père du célèbre Michel Baron, buste.	2
18	— 72 **Branchu** (Mad.), buste nature, peint par *H. Clavier, Paris*, 1814, encadré.	5
14	— 73 **Brizard**, Comédie-Française, buste.	4
8	— 74 **Brizard**, en buste.	2
8	— 75 **Brunel** (Mad.), théâtre de Nicolet, buste.	7 50
8	— 76 **Brunet**, dans un des derniers rôles qu'il a créé, médaillon rond, sur papier, encadré.	1 75

3		77 **Burbage** (Mistres), actrice de la troupe de Sha-kespeare, buste.	11
0		78 **Burnet**, théâtre de la Cité, buste.	4
0		79 **Burns** (R.), tête.	3 =25
		80 **Caillot**, Comédie italienne, buste.	6
2	25	81 **Caillot** à 25 ans, buste.	10
		82 **Caillot**, buste.	6
2		83 **Camargo** (Mlle), danseuse, buste ovale.	20
3 0		**Camargo** dansant, composition de Lancret.	40
1		84 **Camerani**, buste ovale. *Pinson 1774*	8
4	25	85 **Canonici** (Mad.), cantatrice italienne, en pied.	5
3	25	86 **Carbier** (Mlle), Opéra, costume de pèlerine, à mi-corps.	15
1		87 **Celine**, buste par Eug. Legenisel.	5
2		88 **Chalbos** (Mad.), assise, à mi-corps.	12
6		89 **Champmelé** (Mlle), grisaille d'ap. un buste.	7
4		90 **Champmelé** (Mlle), buste. *ovale*	20
11 1		91 **Chanterelle** (Mlle Angélique), scène théâtrale, composition de 3 figures.	20
2		92 **Chapelle**, du Vaudeville, *Fremy*, 1815, très-petit buste sur bois, très-beau. *Pigale. Sculpteur ... par M Bailly*	8
1		93 **Charles**, buste nature.	7
1 50		94 **Chassé**, de l'Opéra, à mi-corps, grandeur nature, dans le rôle d'Apollon, a été gravé.	18
4 50		95 **Chateauvieux** (Mlle de), Opéra, jouant de la guitare, en pied, dans son intérieur, entourée d'instruments de musique.	6
3 50		96 **Chenier** (M.), représenté dans la prison, au fond.	12

Ces chaînes que pour moi forgea l'autorité
Sont à jamais pour nous les nœuds de l'amitié.

Buste ovale.

5 ···97 **Cherry**, acteur anglais, buste.   0

10 ····98 **Cherry** fils, joua à Paris, à mi-corps.   1   25

8 ·· 99 **Cherubini**, compositeur, buste. *Vangorp*   1

4 ···100 **Chevallier**, de la Troupe des Fondeurs, à Belle-   0
ville, buste.

37 ··101 **Chevigny** (Mlle), danseuse de l'Opéra, jouant de   11
la harpe, à mi-corps, sur panneau.

18 ···102 **Choron**, compositeur, assis à mi-corps écrivant   13
de la musique, sur bois.

12 ····103 **Chrétien**, violon, inventeur du physionotrace,   2   25
à mi-corps, attribué à Greuze, a coûté 240 francs,
en 1811.

8 ···104 **Cinti** (Mlle), depuis Mad. Damoreau, buste gran-   1   25
deur nature.

3 ···105 **Cizot** (Mlle), du théâtre de Rouen, petit buste.   1

6 ···106 **Clairville** (Mad.), théâtre de Bordeaux, 1793,   } 1   50
buste.

4 50 ···107 **Clairville** (Mlle), buste.

7 ····108 **Colasse**, compositeur, auteur de la *Naissance de*   2
Vénus, à mi-corps, jouant de la flûte, rond.

12 ···109 **Colbran** (Mme Rossini), rôle de Diane, profil, buste.   1   25

9 ··110 **Collins**, auteur anglais, petit buste.   1

14 ····111 **Colombe** aînée (Mlle), comédie italienne, buste.   6

15 ···112 **Colombe** aînée, à mi-corps, tenant un chien,   30
ovale.

11 ···113 **Combeau**, acteur et chanteur, Opéra, a débuté   2
en 1721, buste ovale.

9 ··114 **Constantini** jouant de la flûte; vient du cabinet   1
du prince d'Harcourt, à mi-corps.

4 ···115 **Contat** (Emilie), Théâtre-Français, assise, à mi-   2
corps, tenant un masque sur ses genoux.

22.   —116 **Contat** (Louise), Théâtre-Français, buste ovale, 24
       mode de 1787.

1   —117 **Cook**, auteur anglais, Ambigu, attribué au baron 6
       Gros, buste nature.

0   —118 **Cook**, buste nature, collé sur carton. 6

0   —119 **Cotelle** (Mad.), théâtre de Montmartre, buste. 9

0   120 **Coulon**, maître de ballets à l'Opéra, buste. 5

16   121 **Dabadie** (Mad.). **Duchesnois** (Mlle), 2 petits 9
       bustes attribués à Boilly. 6

6 50 —122 **Dalembert** jouant de la musette, à mi-corps. 26

1 50 —123 **Dalembert**, buste nature. 12

3 50 124 **Damoreau-Cinti** (Mad.), à mi-corps, sur pan- 4
       neau.

2 75 —125 **Dancourt** (Florent), rôle, buste. 13

0   126 **Dancourt**, buste. 8

2 75 —127 **Dangeville** (Marie-Anne Botot), buste presque 20
       nature, peinture du temps attribué à Lancret.

4 75 128 **Dangeville** (Mlle), à mi-corps. 10

2 25 129 **Dangeville** (Mlle), rôle de pèlerine, buste. 16

3 50 130 **Dauberval**, buste, cadre ovale. 17

4   —131 **Debrie** (Mlle Catherine Leclerc), Théâtre-Fran- 18
       çais, très-petit buste sur cuivre, cadre noir ovale, à
       cercle.

0   132 **Defrene**, 1755, tête. 4

9   —133 **Delille** (Mlle), première danseuse à l'Opéra, petit 31
       buste très-joli, genre Boilly.

2 50 —134 **Denoe**, violon, *Brea, pinxit*, 1755, buste. 12

1   —135 **Depois**, acteur et directeur de la Cité, buste 5
       ovale.

1   —136 **Desbrosses** (Mad.), Opéra-Comique, buste. 12

0   —137 **Descours** (Mlle), 1751, buste. 3 50

3 — 138 **Descuillés** (Mad.), mère, théâtre de l'Odéon, 1815, buste sur bois, encadré. — *0*

8 · 139 **Descuillés** aîné (Mad.), buste nature, peint par Fossieu. — *1*

8 — 140 **Dessessarts**, Théâtre-Français, buste ovale. — *5 50*

12 — 141 **Diencourt** (Julie), de l'Opéra, buste. — *7 50*

20 — 142 **Doligny** (Mlle), Théâtre-Français, née à Grenoble en 1737, retirée en 1783, rôle du Voyage à Cythère, à mi-corps. — *5*

4 — 143 **Dorbigny**, violon à Saint-Petersbourg, petit buste. — *0*

7 · 144 **Dorval** (Mad.), dans Marie-Stuart, buste. — *1*

11 — 145 **Drouin** (Mad.), Théâtre-Français, buste. — *3 75*

12 — 146 **Drouville** (Mad.), Variétés, ci-devant Montansier, buste nature, 1812. — *14*

5 — 147 **Duboccage** (Mad.), Laurence, Ch. — *1 Vig*

40 ✗ 148 **Dubois** (Mlle), en pied, rôle de Mérope, encadré. — *105*

6 — 149 **Duchemin** père, petit buste. — *0*

15 — 150 **Duchemin** fils, 1720, à mi-corps. — *3*

15 · 151 **Duchemin** fils, *S. Chardin, pinx*, buste. — *2 50*

14 — 152 **Duchesnois** (Mlle), à mi-corps, *Delin*. — *11 550*

4 — 153 **Duchesnois**, buste. — *0*

12 — 154 **Ducis**, buste, peint par son neveu. — *8*

5 — 155 **Duclos**, danseur du théâtre de Nicolet, buste. — *1 25*

10 — 156 **Duclos** (Mlle), buste. — *3*

3 — 157 **Duclos** (Mlle), tête. — *4*

22 — 158 **Ducroisy** (Philibert Gossaud), Théâtre-Français, buste. — *5 Vig*

5 — 159 **Dugazon**, buste en costume, entouré d'attributs de musique et de théâtre. — *3 50*

22 — 160 **Dugazon** (Mad.), buste, attribué à Mad. Le Brun. — *80*

161 **Dugits** (Henriette), actrice de la foire Saint-Germain, buste. 7

162 **Dugits**, acteur de la foire Saint-Germain, buste. 5

163 **Duguet** (Mad.), Opéra, buste. 4

164 **Duplant** (Mad.) la mère, du théâtre de la Foire. 13

165 **Duplant** (Mlle), buste. 6

166 **Dupont** (Mlle), buste, d'après Grevedon, sur bois. 11

167 **Dupont** (Mlle), théâtre du Panthéon, buste. 5

168 **Dupuis**, théâtre de Nicollet, buste. 0

169 **Dupuis**, (Mlle), pianiste. *Germain*, 1828, buste. 5

170 **Durand** (Mlle), M. le chevalier de Mouhy, auteur d'un dictionnaire dramatique, offrant des bijoux à Mlle Durand, danseuse à la foire Saint-Germain, pendant que M. Des Requeleyne, son neveu, et auteur dramatique, lui baise la main ; composition à mi-corps, ovale en travers, encadré. 11

171 **Durand** et **Lacave**, du théâtre Montansier, 1793, 2 petits bustes. 4

172 **Duthé** (Mlle), rôle de Diane, petit buste sur bois, attribué à Fragonard, cadre avec fleurs en tête, sculptées.

173 **Duval** (Alexandre), auteur dramatique, buste sur ferblanc. 7

174 **Duval** (Mlle), harpiste, buste. 10

175 **Eler**, compositeur, auteur de la musique de la *Forêt de Brama*, à mi-corps. 3

176 **Farly** (Mlle) maîtresse de Shakespeare, actrice, buste. 11

177 **Fauvel** (Mad.), âgée de 29 ans, buste. 3-50

178 **Fauvel**, âgée de 40 ans, buste. 3 50

	— 179 **Favart** (Mad.), en pied, rôle de l'ingénue, d'après Vanloo, a été gravé sur bois, encadré.	6	50
12	— 180 **Favart** (Mad.), à mi-corps, joli costume.	19	
2	— 181 **Fay** Léontine), étant enfant, buste.	2	
12	— 182 **Field** (J.), buste nature. *Schwiter. 1828*	1	
5	— 183 **Fleury**, Théâtre-Français, buste.	2	25
14	— 184 **Fleury** tenant des pensées, buste.	2	50
10	— 185 **Florinda** (Barbe dite), mère d'Ursule Cortèse, 1630, buste, peinture ancienne.	8	
10	— 186 **Fonpré** (H. F. B.), buste.	2	25
7	— 187 **Fosset** (Mlle), musicienne et actrice, à mi-corps, assise, *E. Legenisel*.	2	50
6	— 188 **Frédéric II** le Grand, roi de Prusse, profil buste, médaillon, grisaille.	4	
9	— 189 **Frenoy** (Mad.), 1811, buste.	5	50
9	— 190 **Garnier** aînée (Mlle), du théâtre de la Foire, tête.	4	
13	— 191 **Garnier** (Mlle), à mi-corps.	2	50
6	— 192 **Garrick**, acteur anglais, étant jeune, tête.	7	
6	— 193 **Garrick**, buste.	2	
5	— 194 **Gaussin** (Mlle), Théâtre-Français, buste.	3	50
8	— 195 **Gaussin** (Mlle), buste.	1	50
15 *n 2*	— 196 **Georges** Weimer (Mlle), étant très-jeune, peinte par Gérard, à mi-corps.	20	
10 *n.3*	— 197 **Georges** (Mlle), étant jeune, rôle de Médée, buste attribué à Gros.	3	75
2 *m.3*	— 198 **Georges**, étant jeune, *trompe-l'œil*, représentant un dessin encadré avec verre cassé.	1	50
11	— 199 **Gilbert**, poète français, buste ovale.	2	50
5	— 200 **Graffigny** (Mad. de), buste ovale.	9	
10	— 201 **Grandval** (Mad.), buste.	2	50

28   202 **Grassari** (Mad.), de l'Opéra, peinte par *Gérard*,   50
donné par lui à Mlle Grasset son élève, acquis à
sa mort, buste grandeur nature, *très-beau.*

2 25   203 **Grassini** (Mad.), jouant de la lyre, en pied, sous   7
un vestibule.

14   204 **Grétry**, compositeur, buste attribué à Greuze.   28

3   205 **Grétry**, buste ovale.   10

5   206 **Grétry**, buste. *Bon*   4

1/50   207 **Grisi** (Julie), buste, par Bouchot. *Doze*   3

8 50   208 **Gros** (Mlle), actrice de l'Odéon, petit buste en   10
grisaille très-terminé, *L. Boilly, pinx,* 1810, encadré.

5   209 **Gros**, (Mlle), en pied, costume de Muse dans un   4
paysage.

8 50   210 **Hannel** (Amélie), cantatrice, fille de Mad. Viel,   15
a joué en Italie et en Allemagne, buste grandeur
nature, encadré.

4   211 **Harmetaire** (Mlle Eugénie d'), Théâtre-Français,   7
buste.

2 25   212 **Harlow**, acteur anglais, buste nature.   6

1 50   213 **Harlow**, (Miss), buste.   8

1 50   214 **Harz**, musicien, tête.   4

0   215 **Hennefeiter**, cantatrice, buste.   5

1 25   216 **Henri**, danseur, théâtre de la Cité, buste.   4

6 50   217 **Henry** (Le Roux dit), acteur du Vaudeville, à mi-   10
corps, tenant le rôle de M. le duc de Richelieu
dans les *Deux Prisonniers*, peint par le *baron Gros.*

0   218 **Hill**, acteur anglais, buste.   7

0   219 **Hiller**, buste.   3 50

h   220 **Hortense** (Mlle), théâtre de la rue du Bac, buste.   5

1 50   221 **Huet**, théâtre Faydeau, buste nature.   5

  222 **Huet**, buste.   7

3		223 **Jacquet** (Jean-Claude), fondateur, compositeur, et chef d'orchestre du théâtre Beaumarchais, né le 27 février 1790. Peint par Mlle Prosper Leduc le 5 juin 1814, petit buste sur papier, encadré.	o	
2	50	224 **Johanny**, Odéon, tête sur papier.	o	
3		225 **Joly** (Mad. Élisabeth), Théâtre-Français, petit buste sur papier.	1	25
5		226 **Joly** (Marie), buste.	1	
12		227 **Journet** (Mlle), cantatrice, Opéra, buste.	2	50
11		228 **Journet** (Mlle) à mi-corps, ovale.	4	
11		229 **Jouy**, auteur, buste.	o	
4		230 **Julie** (Mlle), de l'Opéra, buste peint par Raoux.	3	50
7		231 **Julien** (Mad.), Comédie-Italienne, buste ovale collé sur carton.	1	
5		232 **Julien** (Mlle), buste.	1	75
6		233 **Kean** (Louis), du théâtre Bobino, dans *les Mousquetaires de la reine*, enfant, à mi-corps.	1	
2		234 **Kean** (Mad.), buste.	o	
4		235 **Kemble** (C.), acteur anglais, buste.	o	
10		236 **Kreubé** (Frédéric) violon, en pied, dans un intérieur, attribué à Robert Lefèvre.	1	50
8		237 **Lachanterie** (Mlle), buste ovale.	1	75
3	25	238 **Lafon**, Théâtre-Français, tête, sur carton.	o	
8		239 **Laguerre** (Mlle), de l'Opéra, buste ovale.	6	
6		240 **Lainet**, (Mlle), du théâtre de la Foire, buste.	1	
6		241 **Laisné**, à mi-corps.	1	25
5		242 **Langlois** (François), dit Ciartres, célèbre joueur de musette, à mi-corps, d'après Van Dyck. Il était marchand d'Estampes à Paris.	2	25
18		243 **Larive** (Mauduit de), Théâtre-Français, buste ovale.	11	

<table>
<tr><td>6</td><td></td><td>244 **Laroche** (Mlle), petit buste ovale, encadré.</td><td>2 - 50</td></tr>
<tr><td>2 75</td><td></td><td>245 **Laruette**, buste profil.</td><td>5</td></tr>
<tr><td>6</td><td></td><td>246 **Laruette** (Mad.), buste ovale.</td><td>16</td></tr>
<tr><td>1</td><td></td><td>247 **Laruette** (Mad.), buste ovale.</td><td>5</td></tr>
<tr><td>3 50</td><td></td><td>248 **Lebel** (Mad.), rôle de Vestale, buste sur panneau</td><td>4 50</td></tr>
<tr><td>3 0</td><td></td><td>249 **Lecaron** (Mlle), Opéra, à mi-corps.</td><td>10</td></tr>
<tr><td>1</td><td></td><td>250 **Leclerc** (Mad.), pianiste, buste.</td><td>2 50</td></tr>
<tr><td>1 50</td><td></td><td>251 **Le Comte**, buste.</td><td>6</td></tr>
<tr><td>4 50</td><td></td><td>252 **Lecouvreur** (Adrienne), tête.</td><td>3</td></tr>
</table>

14 50 — 253 **Lecouvreur** (Ad.), buste nature, acheté en 2 25
1838 à la vente d'un parent d'Adrienne qui habitait
la Cité, encadré.

<table>
<tr><td>1</td><td></td><td>254 **Ledoux**, danseur du théâtre de la Cité, buste.</td><td>8</td></tr>
<tr><td>3 50</td><td></td><td>255 **Legros**, à mi-corps, ovale.</td><td>6</td></tr>
<tr><td>1</td><td></td><td>256 **Lejeune** (J.), buste nature.</td><td>6</td></tr>
<tr><td>4</td><td></td><td>257 **Lekain**, rôle d'Orosmane, buste nature, encadré.</td><td>32</td></tr>
<tr><td>4</td><td></td><td>258 **Lekain**, 2 rôles différents. — *Préville*, 3 bustes.</td><td>24</td></tr>
</table>

3 259 **Lemaître** (Frédéric), rôle du marquis de Brunoi, 5 3
en pied, *Frédéric L.* 1840.

<table>
<tr><td>1</td><td></td><td>260 **Merebours** (Mad.), actrice de l'Odéon, buste.</td><td>5</td></tr>
</table>

2 261 **Leriver**, premier comique du théâtre de Nicolet, 6
buste ovale.

<table>
<tr><td>1</td><td></td><td>262 **Lesueur**, musicien, buste.</td><td>3</td></tr>
<tr><td>1 50</td><td></td><td>263 **Letellier** (Mad.), buste, nature.</td><td>9</td></tr>
</table>

4 264 **Levert** (Mlle), Théâtre-Français, buste, grandeur 17
nature, peint par *Bourchardy*, très-beau.

2 50 265 **Libon**, de la musique du Roi, à mi-corps, attribué 11
au baron Gros.

<table>
<tr><td>1</td><td></td><td>266 **Linguet**, auteur, buste.</td><td>18</td></tr>
<tr><td>1</td><td></td><td>267 **Luce** (Mad), compositeur de musique, buste.</td><td>4</td></tr>
<tr><td>8 50</td><td></td><td>268 **Lully**, compositeur, buste ovale.</td><td>14</td></tr>
</table>

10   -- 269 **Maillard** (Mlle), amie de M. Berton, comp. peinte   17
      sur bois par Garneray, vers 1793, encadré.

15   ---- 270 **Martin** (Fabrice) ou Marais, 1600, âgé de 45 ans,   1
      musicien, a composé Ariadne et Bacchus, etc., né
      à Paris, 1656—1728, âgé de 72 ans.

7   ---271 **Martin** l'aînée (Mad.), buste ovale. *par garde*   17

25   ---272 **Mars** (Mlle) aînée, étant jeune, buste sur bois par-   21
      queté, encadré.

5 50 ---273 **Mars** (Mlle), de profil, buste nature.   2

7   --- 274 **Mars** cadette (Mlle), tête, esquisse, attribuée à   1   50
      Gérard.

25   --- 276 **Martin**, en Nourrice, au 3e acte de Ma tante Au-   5
      rore, apporte une lettre annonçant que la violence
      de l'amour de Valsain a fait naître un enfant; le
      public a tellement sifflé que le 3e acte n'a été joué
      qu'à la 1re représentation, à mi-corps, attribué à
      Boilly, encadré.

4   -- 276 **Martyr** (Mad.), buste.   2   75

7 50 --- 277 **Mazurier**, danseur grotesque, buste de grandeur   2.
      naturelle, encadré.

5   --- 278 **Méhul**, compositeur, A. *Grard*, p. 1813, buste.   0

2   ---279 **Michot** (Mad.), théâtre de la Montansier, buste,   4   75
      sur panneau.

4   --- 280 **Milen** (Mlle), Odéon, buste.   2   50

10   ---281 **Minette** (Mlle), et sa fille, Vaudeville, à mi-corps   35
      sur ferblanc, attribué à Marlet.

9   --282 **Molé**, Théâtre-Français, buste.   1   25

7   ---283 **Molé**, dans un rôle, à mi-corps, encadré.   9   50

6   -- 284 **Molé**, rôle d'Almaviva, buste.   18

7   ---- 285 **Molé**, buste.   1   50

21   286 **Molière,** à 25 ans, petit buste ovale, sur cuivre, 31
cadre du temps, sculpté et doré.

49   287 **Molière,** à mi-corps, ancien tableau.   11

7   288 **Molière,** buste ovale.   18

0   289 **Molière,** buste.   14

52   290 **Molière** (Mlle), buste ovale.   20

1   291 **Mondory,** buste.   3

3   50   292 **Monrose** père, Théâtre-Français, 2 petits bustes 9 50
sur carton.

1   50   293 **Morales** (Mlle), Théâtre-Français, tête de profil, 4
sur panneau.

1   50   294 **Moreau,** théâtre de la Cité, buste.   5 50

1   295 **Moutain** (Mad.), buste.   7

1   296 **Naudet,** Théâtre-Français, tête.   3

2   50   297 **Neuville,** comédien du roi, buste.   12

18   298 **Nicolet,** fondateur de la Gaîté, à mi-corps.   20

22   299 **Nicolet** (Mad.), buste nature, ovale.   9

2   50   300 **Nicolet,** (Mad.), buste nature.   11

2   50   301 **Nicolet** (Mad.), étant jeune, buste.   4

7   50   302 **Nicolet** (Mad.), buste.   22

9   303 **Nicolet** (Jeannette), rôle de Lisette, à mi-corps, 15
ovale.

3   304 **Nicolo-Isouard,** compositeur, à mi-corps, assis, 35
grandeur nature, la main sur le piano.

1   25   305 **Nourrit** père, buste, grandeur nature.   13

1   25   306 **Numa,** petit buste.   5

1   307 **Palmer,** (R.), buste.   5

1   50   308 **Palmer** et **Martyr** (Mad.), acteurs anglais, — 6
2 petits bustes sur bois.

4   50   309 **Paradol** (Mad.), buste.   10

1   310 **Paul,** danseur à l'Opéra, buste.   10

4	— 311 **Pecourt**, maître de ballets à l'Opéra, petit buste sur papier, encadré et sous verre.	5	50
5	— 312 **Pellegrini**, buste sur carton, — autre sur toile.	1	75
9	—313 **Perciliié** (Mad.), assise, à mi-corps.	7	50
10	— 314 **Perigny** père, du théâtre de la Foire. *Mlle Lusurier*, 1770, mère de Chardin, buste.	6	50
4	— 315 **Perrier**, acteur, buste.	1	
4	— 316 **Perrier**, buste.		
4	— 317 **Perrot** (Mlle), Variétés Amusantes, 1793, en pied, assise.	0	
4	— 318 **Perroud** (Mad.) aînée, Odéon, buste.	1	25
4	— 319 **Perroud** (Mad.) jeune, buste.		
8	— 320 **Pestel** (Mlle), Opéra, buste.	5	
10	— 321 **Philippon**, buste nature.	3	25
5 15	—322 **Pierron**, Théâtre-Historique, assis, à mi-corps, signé *Prud'hon*, octobre 1849, encadré.	4	25
3 50	— 323 **Piquelli**, paradesta de la Foire, grisaille en trompe-l'œil.	0	
8	— 324 **Pixis** (J.-P.), compositeur, buste.	1	75
10	— 325 **Poisson** (François-Arnould), Théâtre-Français, buste encadré, sur bois.	1	75
14	— 326 **Poisson** (Philippe), Théâtre-Français, buste.	4	50
6	— 327 **Poisson** (Raymond), buste.	1	
9	—328 **Portoglio**, de Padoue, fameux conteur de bons mots et improvisateur de farces, 1610, sur bois, encadré.	1	25
8	— 329 **Potier**, très-petit buste, sur cuivre, encadré.	2	
10	330 **Potier**, acteur, buste.	0	
15	— 331 **Poussin** (Mlle) de l'Opéra, buste nature.	3 2	
5	— 332 **Poussin** (Mlle), à mi-corps, tenant un oiseau.	5	
15	—333 **Préville**, buste, par Romanet, peint sur bois, ovale, encadré.	14	

9 50   334 **Préville** (Mad.), née Drouin, buste.   10

3   335 **Prevost** (Mad. J.), Opéra-Comique, buste encadré.   8

2 75   ⎰ 336 **Puvigné** (Mad.) mère, Opéra, à mi-corps.   3
       ⎱ 337 **Puvigné** (Mlle) fille, Opéra, à mi-corps.   3

1 50   338 **Quick**, acteur anglais, petit-buste.   5

1 25   339 **Quick**, buste, signé *L. Barre*, 1799.   13

40   340 **Rachel** (Mlle), peint par *Couder*, 1846, buste, cadre riche.   28

1 75 — 341 **Rachel**, rôle d'Hermione, époque de ses débuts, buste.   11

0   342 **Rachel**, rôle de Monime, buste.   11

1   343 **Rachel**, rôle de Frédégonde, buste   14

1 25   344 **Rachel**, rôle de...., buste.   14

1 50   345 **Rachel**, rôle, buste.   11

1   346 **Rachel**, rôle, buste.   11

1   347 **Rachel**, tenant un livre, buste.   5

1 50   348 **Racine** (Jean), auteur, tête.   15

1 50   349 **Raffile**, buste nature, peint par *Deltil*, 1817.   13

16   350 **Raisin** (Françoise Petit, femme de Jean-Baptiste Roisin dit), buste.   20

6 50   351 **Raucourt** (Mlle Françoise-Mariette-Antoine Saucerotte dite), actrice, Théâtre-Français, en muse, buste.   36

1   352 **Rebard**, en pied, rôle de Friquet dans la chanson de l'Aveugle, Gymnase, sur bois.   2

1 50   353 **Regnier** (Mad.), buste nature.   2

1 50 — 354 **Rock-Parsons**, acteur anglais, buste.   6

1 25   355 **Roger** (J.), théâtre de Nicolet, buste.   7

1 0   356 **Romagnesi** le vieux, en pied, rôle de Pantalon. Ce tableau vient de la col. du chev. de Mouhy, costume antérieur à 1469, pour le pantalon rouge.   12

7	—357	**Romagnesi**, (J.-A.), par Ad. Leprieur.	0	
6	— 358	**Romagnesi** (J.-A.), à mi-corps, par Hauer, 30 juin 1782, à Venise.	2	
4	···359	**Romagnesi** (A.-J.-M), chanteur, en pied.	1	25
6	— 360	**Rouget** (A.), théâtre des Variétés, buste.	0	
15	·· 361	**Rousseau** (Jean-Jacques), buste.	2	
7	362	**Rousseau** (J.-J.), buste.	1	50
8	363	**Rousseau** (J.-J.), buste.		
3	364	**Sablier**, acteur et chanteur, tête.	20	
3	365	**Saint-Évremont**, très-petit buste ovale, sur carton, cadre noir.	6	0
10	···366	**Saint-Huberti** (Mad.), en pied, assise tenant une guittare, dans son intérieur.	12	
	367	**Saint-Huberti** (Mlle), rôle de Didon, en pied, sur bois.	6	50
5	— 368	**Saint-Lambert**, auteur, petit buste sur bois, encadré.	12	
5	···369	**Sarah** (Félix), Odéon, sœur aînée de Rachel, buste sur panneau, encadré.	1	
5	——370	**Sauvage** (Mlle), dite Babichon, du théâtre de la Foire, 1726, buste.	2	25
7	~·371	**Scholz**, acteur et directeur du théâtre, à Breslaw, buste.	0	
9	372	**Scio** (Mad.), buste, *Warnimont, pinxit*, 1790.	18	
6	·· 373	**Scio** (Mad.) la jeune, buste ovale.	18	
13	··· 374	**Silvia** (Mlle), buste ovale.	4	50
5	···375	**Simmons**, buste.	1	
	··· 376	**Six**, bourgmestre, en pied, lisant près d'une fenêtre, sur bois, encadré.	3	50
10	···377	**Smithson** (Miss), actrice anglaise, fut l'épouse de Berlioz, compositeur.	5	

1.5   378 **Staël** (Mad. de), auteur de Corinne, assise, à mi-corps, sur ferblanc, attribué à Marlet.   7

1   379 **Stoklett**, de la Gaîté, buste.   6

3 50 — 380 **Suin** (Mad.) la mère, théâtre de Nicolet.   5

2   381 **Suin** (Mlle), théâtre de la rue du Bac, buste.   5

4 50   382 **Suyer**, en buste ovale. Théâtre De la Foire   11

1 25   383 **Tabellini,** a débuté au Théâtre-Italien en 1837, buste, en riche costume.   5

1   384 **Taigny** (E.), Vaudeville, à mi-corps, *Vigneron*, 1820.   10

4 75   385 **Talma**, buste, grandeur naturelle, encadré.   20

2   386 **Talma**, étant jeune, profil sur papier, collé sur carton, encadré.   8

1 25   387 **Talma**, rôle d'Hamlet, buste.   5

1   388 **Talma**, étant jeune, buste nature.   10

2 25   389 **Talma**, à la ville, buste encadré.   15

5 50 — 390 **Talma**, rôle de Manlius, buste.   8 50

  Talma, rôle de Manlius, pied, collé sur carton.   3 50

  Talma, tête, sur carton ovale.   4

  Talma, étant jeune.   2

  Talma, buste ovale.   4

  Pourront être divisées.

0   391 **Talma** (Mad.), tête.   5

1 25   392 **Théodore** (Mad.), Gymnase-Dramatique, buste nature.   6

6 50   393 **Théodore** (Mad.), buste nature, ovale.   25

11   394 **Thorillière** (Pierre Lenoir de la), buste, attribué à Gillot.   20

0   395 **Toquer** (Mlle), th. de Belleville, têtes sur carton; 2 différentes, face et trois quart.   5

1 25   396 **Tortoretti** (Scaramouche), buste.   5 50

1   397 **Toussez** (Mad.), buste nature.   5

8 ... — 398 **Touvois**, de l'ancienne Comédie Italienne (Op. Comique), buste très-beau, attribué à Chardin, encadré sous verre.   26

18 50 — 399 **Triboulet**, fou de Louis XII et François Ier, tête, peinture ancienne, sur bois, attribué à Breughel, encadré.   11·50

11 ... — 400 **Turgot**, ministre de Louis XVI, petit buste, attribué à Mad. Lebrun, encadré.   30

5 ... 401 **Valérie**, buste.   1

12 — 402 **Vanhove**, Théâtre-Français, buste ovale.   1 50

4 ... 403 **Vautrin** (Mlle), th. des Jeunes Artistes, 1804, assise, à mi-corps, sur panneau.   6 50

6 ... 404 **Vernet**, Variétés, buste.   6

9 — 415 **Véronèse** (Pietro Antonio).   6

6 . 416 **Vertpré** (Jenny), dans un costume d'homme, petit buste.   3

15 — 417 **Victor** Lerebours, Odéon, buste.   1

10 — 418 **Viette** (Mad.), musicienne, *Fleury*, buste, encadré.   7

13 — 419 **Villeneuve** (Mad.), femme de l'acteur de la Gaîté.   1

11 — 420 **Volnys** (Léontine Fay), petit buste, d'après Grevedon, sur papier.   7

5 — 421 **Weigh**, compositeur et directeur de la musique à Vienne, buste.   2

10 — 422 **Young**, acteur anglais, buste.   6

5 — 423 **Zimmermann**, compositeur, buste.   1 75

— 424 *** (Mlle), charmant buste de femme, fin du règne de Louis XIV, avec haute coiffure.   26

SCÈNES THÉATRALES.

425 Gros-Guillaume, Gilotin, Guillot-Gorju, scène théâtrale de ces trois acteurs, en pied. *Ex*

426 Che buona mi sa, Cucurucu, Bernoualla, Benemie, Lucia mia, scène théâtrale, à cinq personnages, en pied, qui a été gravée par Callot, dans les Balli di Sfessania. *Ex*

427 **Baron**, à 63 ans, et Mlle Angélique **Chanterelle**, son élève, en 1716. Ils eurent un grand succès malgré le grand âge de Baron. Scène théâtrale, grand tableau. *Ex*

428 **Molé** et **Sainval** cadette, scène théâtrale de Bérénice, composition, 1783, *Co. p.*, encadré.

429 **Cendrillon, ballet**. Intérieur de salon, illuminé ; trois dames formant le groupe des Grâces ; à gauche, dames assises et vieillard parlant aux musiciens, qui sont à droite. — Jardin dans lequel dansent une dame et son cavalier, au son du violon d'un petit musicien. (Deux tableaux.)

430 Les pages du sérail, scène et décoration théâtrale. Vaudeville.

431 Environ 100 portraits, bustes d'acteurs, actrices, musiciens, etc., sur toile, bois et carton, seront divisés sous ce numéro.

431

DESSINS, PASTELS

15	432 **Abeille** (Mlle), Comédie-Française, 1742, buste, crayon et pastel, cadre ovale.	1 25
1 - 50	433 **Albertazzi**, petite tête, en bistre. *Bard.*	1 25
10	434 **Allard** (Mlle), buste, pastel sous verre.	0
3 50	435 — profil aux trois crayons, sous verre.	1
4	436 **Araignon**, avocat, auteur du Siége de Beauvais, etc., profil, crayon noir. *Mayer, fecit.*	1
2. 50	437 **Arnould**, buste, pastel.	1 75
4	438 **Azema**, Odéon, 1815, crayon noir.	0
3	439 **Baillot**, aquarelle. *Hypolite Chapon*, 1826.	0
9	440 **Bannister** (J.), en pied, dessin aux crayons noir et rouge, par De Wilde, octobre 1794. Cab. C. H.	4
	441 **Barilli** (Mad.), buste profil, pastel, sous verre.	0
48	442 **Baron**, gravé par Daullé, d'ap. de Troy, ép. avant la lettre.	3 75
1 - 50	443 **Bastardina** (Ida), cantatrice, buste à l'encre de Chine, attribué à Vignani.	2
5 25	444 **Beaugrand**, Théâtre-Français, en pied, crayons noir et rouge.	0
	445 **Bellamy** (Mad.), buste, pastel, cadre ovale.	1
5 50	446 **Bénard** (Mad.), l'héroïne de Sens, 1804. Aquarelle miniature, en buste, sous verre.	2
1	447 **Benoit**, flûte, crayon noir.	0
6 50	448 **Bernard** (Catherine), née en 1662-1712, auteur dramatique, buste aux trois crayons.	1 25

or — 449 **Bertinazzi** (Carlin), tête, rôle d'Arlequin, pastel, sous verre. 4 50

7 — 450 **Bertinot** (Mlle), buste aux trois crayons, encadré. 7

7 50 — 451 **Berton**, crayon noir, *f. Dumont*, 1807. 5

452 **Bièvre** (marquis de), mine de plomb. 4 50

1 50 — 453 **Bigottini** en pied et dansant, crayon noir encadré. 5

2 25 — 454 **Bordier** (M. et Mad.), th. de Nicolet, 2 pastels. 5

13 **Bordier** (Mlle), th. de Nicolet, buste, pastel. 2 50

17 455 **Bressant**, en pied, superbe aquarelle, 1850, par Eust. Lorsay, cadre à fleurs. Cab. C. H. 42

1 — 456 **Brizard**, tête, en bistre, cadre rond. 3

0 — 457 **Broguin**, Comédie-Française, rôle de Gilles, tête sanguine encadrée. 7 50

1 458 **Broustl** (famille), musiciens allemands, photographie, signée par les 6 personnes de cette famille, encadrée. Cab. C. H. 3 25

0 — 459 **Caillot**, buste, pastel, sous verre.

0 — profil, crayon de couleur. 5

8 — 460 — buste, grandeur nature, pastel. 1 5

3 461 **Camargo** (Mlle Cupis de), danseuse, buste, pastel, encadré. 1 5

5 — 462 **Camargo**, buste, pastel, encadré. 1 0

4 50 — 463 **Camargo**, tête, pastel (on dit d'après nature). 1 0

1 25 — 464 **Camargo**, profil, crayon noir. 4

8 50 — 465 **Camargo**, en pied, dans un intérieur, aquarelle sur vélin. 1 0

1 — 466 **Carlin**, tête, crayon de couleur. 4

1 75 — 467 **Catel** (Charles-Simon), musicien, buste in-8, bistre. 1 50

3 50 — 468 **Catel** (Mad.), touchant du piano, à mi-corps, crayon noir. *Fleury, an 13.* 9

469 **Champmeslée**, tête profil, pastel.　　　　1　25
　　　　— tête, crayon noir, sur papier bleu.
470 **Charrière**, musicien, buste, profil, crayon et　　1
　　　estompe, cadre ovale.
471 **Chassé**, Opéra, tête profil, pastel, encadré.　　1
472 **Chéri** (Rose), dans un Divorce sous l'Empire, en　　6
　　　pied, aquarelle, 1850, par Eust. Lorsay, cadre à
　　　coins ronds. Cab. C. H.
473 **Cinti** (Mlle), th. Italien, aquarelle, sous verre.　　1
474 **Clary** (Mlle), Vaudeville, en pied, mine de plomb,　　9　50
　　　par Eust. Lorsay.
475 **Clotilde** (Mlle), Opéra, tête profil, pastel, encadré.　　0
476 **Colbran** (Mad.), en pied, dans un intérieur, aqua-　　3　25
　　　relle gouachée, bel effet de soleil, encadré. *Baylat,*
　　　Paris, 1814.
477 **Colombe** (Césarine dite), buste, pastel.　　3
478 **Colombe** (Mlle A.), pastel, en buste, encadré.　　1
479 **Constantini** (Angèle), tête, crayons noir et blanc.　　1　25
480 **Couperin**, organiste, à mi-corps, sanguine. *Des-*　　2　25
　　　siné par Flipart, 1734.
481 **Davcourt**, acteur et auteur dramatique, tête aux　　1
　　　trois crayons.
482 **Dangeville** (Mlle), en pied, sanguine.　　3　50
483 — en pied, sanguine, attribué à Lebas.　　3　50
484 **Dauberval**, buste, pastel, cadre ovale.　　1
485 Dauberval, — Monsigny, — Scholtz et autres,　　3　50
　　　4 cadres ovales et ronds.
486 **David**, acteur tragique, Odéon, sépia. *Hesse.*　　1
487 **Debureau** père, dans la Gageure, les Dupes,　　9　50
　　　2 dessins en pied, par *Aug. Bouquet.*
　　　— dans le Songe d'or, en pied; et 9 croquis dans
　　　différents rôles, têtes, sur la même feuille, par *Aug.*
　　　Bouquet, 2 cadres.

488 **Debureau** en pierrot, assis à terre et mangeant, aquarelle. ... 5

— rôle de paysanne, buste, aquarelle rehaussée d'or, 2 cadres. ... 4

489 **Delille**, auteur, à mi-corps, crayon noir. ... 2

490 **Derby** (comtesse), profil, crayon de couleur. ... 5

491 **Desgarcins**, — **Renaud** cadette (Mlles), 2 bustes, pastels, cadres ovales. ... 10

492 **Deshayes**, dans l'Éclat de rire, Odéon, 1849. *Baudet*, mine de plomb. Cab. C. H. ... 2

493 **Desmousseau**, buste, d'ap. Carle. ... 3 50

494 **Dezaides**, compositeur, auteur de Blaise et Babet' crayon noir, cadre rond. ... 2

495 **D'Haussy** (Mlle), pianiste, en pied, crayon noir, encadré. ... 5

496 **Dorimont** (Mad.), comédienne de la troupe de Mademoiselle, vers 1660, buste aux trois crayons. ... 12

497 **Drouin** et **Lesueur** (Mesdames), 2 bustes, pastels, encadrés. ... 12

498 **Du Boccage** (Mad.), aquarelle, sous verre. Mlle Scudéry, crayons noir et rouge, 2 pendants. ... 3 50

499 **Dubois** (Mlle), danseuse, a débuté à l'Opéra 1752, dessiné par Louis Durameau, pastel encadré. ... 6

500 **Duchesnois** (Mlle), très-beau dessin, crayon noir, par Mad. la princesse de Chimay. Vente Hollier, 1845. ... 30

501 **Duclos** (Mlle), tête, pastel, sous verre. ... 5 50

502 **Ducrow**, célèbre écuyer, *Design'd and painted by John Ritto Penniman Boston*. Scène équestre à l'encre de Chine, sous verre. ... 2

2 0	— 503	**Dugazon**, rôle du Curieux de Compiègne, grand buste, pastel, cadre rond, *F. G.*, *1788*.	4	
5	.. 504	**Dugazon** (Mad.), buste, pastel, ovale, sous verre.	1	
8	—505	**Dugazon** (Mad.), grand buste, tenant de la musique, pastel, encadré.	3	50
3	— 506	**Dugazon** (Mad.), tête, coiffure poudrée, pastel, encadré.	0	
8	507	**Dugazon** (Mad.), buste, aquarelle.	0	
1 50	—508	**Dugazon**, gravée en couleur par Coutelier, cadre ovale.	1	50
	— 509	— mine de plomb. *Vigneron del.*	2	75
3 50	— 510	**Dupuis** (Rose), tête, aquarelle.	6	
5	.. 511	**Durand** et **Fleury** (Mlles), Comédie-Française, 2 port., crayons de couleur.	2	50
2	—512	**Dusseck**, compositeur, buste, crayons noir et rouge, encadré.	2	
18	— 513	**Duthé?** (Mlle). Buste de jeune fille, d'après Greuze pastel, encadré.	2	75
10	—514	**Duval**, Opéra, buste, pastel.	0	
2	— 515	**Émilie**, de l'Opéra, buste, crayons noir et bistre.	1	
	— 516	**Étienne**, buste, pastel, sous verre.	1	
5	— 517	**Euban** (Mad.), mère de Mad. Nicolet, en pied, aquarelle	7	
10	— 518	**Favart** (M. et Mad.), 2 bustes, pastels, cadres ovales.	1	75
6	—519	**Fay** (Léontine). *Fait et donné à M. Milon, par Mlle Léontine Fay.* Rôle de la Petite Sœur, estompe crayon noir, encadré.	1	50
5	— 520	**Fleuriet** (Mlle), Odéon, aquarelle.	1	
3 50	— 521	**Fleury**, chanteur grimacier du café des Ambassadeurs, aux Champs-Élysées, jusqu'en 1840, d'après nature, par *Gabriel*, à l'estompe.	1	Vay

0   —- **522 Fontenay**, Vaudeville, tête, crayon noir, sous   *2*
verre.

1 4   -- **523 Franconi** (Laurent et Victor).   *5 0*
— (Laurent, Mad. Laurent, Victor). Ces deux scènes
équestres, d'après Carle Vernet, gravées par Debu-
court, sont coloriées avec beaucoup de soins et res-
semblent à des aquarelles, sous verres.

0   ----**524 Frogère**, du théâtre de la Cité, dessiné par Lan-   *1 0*
glois, estompe.

0   --**525 Garnier** le père, th. de la Foire, tête, pastel.

2 25---- **526 Garrick**, 2 costumes en pied, en regard, gravés   *2*
par Pollard et Jukes, cadres ovales.

4 25 -- **527 Garrick**, rôle de John Brute dans the Provok'd
Wise, scène gravée par Finlayson, d'ap. Zoffanij.

1 75 ----**528 Gattie**, acteur anglais, en pied, rôle, aquarelle   *2*
encadrée. Cab. C. H.

3   -- **529 Gauthier-Garguille**, en pied, sanguine.   *1 2*

4   ... **530 Georges** (Mlle), étant jeune, buste, pastel, encadré.   *3*

1   -- **531 Gerbier**, poëte, buste, pastel.

3 25 -- **532 Germain** (M. et Mad.), profils, crayons, par *Mi-*   *3*
ger, 1764.

4   ----**533 Gillem** (Mad. de), célèbre musicienne, à mi-corps,   *1 2*
aquarelle, allégorie.

0   -- **534 Gillet**, Opéra, tête, pastel, cadre ovale.

3 25 · **535 Godefroy** (Mlle), née Marie-Anne Durieu, Comé-   *2 0*
die-Française, buste, crayon et pastel, cadre ovale.

5 50 ----**536 Gougibus** (Mad.), Gaîté, 1821, crayon de couleur.   *1 5*

1   --**537 Granger**, acteur, né en 1744, buste, crayon noir   *1 6*
rehaussé de blanc.

4   -- **538 Grassari** (Mad.), à mi-corps, jouant de la gui-   *4 50*
tare, dessin au crayon noir, attribué à Reynolds, sous
verre.

3	— 539 **Grétry**, tête, crayon mine de plomb.	1 50
2	— 540 **Gronot** (Mlle), Opera-Buffa, buste, crayon noir, Chereau, 1807.	0
6	— 541 **Guiaud**, en pied, mine de plomb, par Eug. Giraud.	1 50
	— 542 **Guimard** (Mlle), de l'Opéra, en pied, dansant, aux trois crayons. J.-M. Moreau le jeune, 1777.	3 20
	— 543 — en pied, dansant, plume et bistre.	26
	544 — en pied, pastel.	20
17	— 545 — buste, pastel.	3
8	— 546 — buste, pastel.	2 25
5	— 547 — buste, pastel, sous verre.	1
3	— 548 **Hannetaire** (Eugénie d'), buste, pastel, encadré.	2
2 25	— 549 **Harlowe** (Mad.), actrice anglaise, mine de plomb, par Gear.	2 50
1	— 550 **Hérold**, d'ap. Dupré, crayon noir.	1
	— 551 **Hesse** (Mlle de), Opéra-Comique, buste, pastel.	2 25
3	— 552 **Isabey**, mine de plomb, tiré de la famille.	2
12	— 553 **Javureck** (Mlle), Opéra, buste, crayons de couleur. Jules Boilly, 1828.	6
8	— 554 **Jeliotte**, buste, pastel ovale.	1
11	— 555 **Joséphine**, impératrice, aquarelle miniature.	10
8	— 556 — profil à la sépia du temps, a été gravé.	15
17	— 557 **Journet** (Mlle), tête, grandeur nature, aux crayons de couleur.	3 75
5 50	— 558 **Kemble** (Ch.), buste, profil, aux trois crayons, signé Bouchardy, Palais-Royal, 82, sous verre.	0
6	— 559 **Krumpholz** (M. et Mad.), 2 bustes à l'encre de Chine.	4 75
14	— 560 **Lafite** (Mlle), pianiste, en pied, crayon noir. Lafitte, del.	4

561 **Lafon**, rôle d'Horace, Théâtre-Français, buste, 15
crayon noir, dessiné d'après nature par Aug. Leclerc, 1817. Ce portrait a été lithog. par l'auteur.

561 bis **Lafon**, dans Tancrède, estompe. 2 50

562 **Laguerre** (Mad. Elis. Claude Jacquet de), auteur 6
d'opéra, buste, pastel; cadre ovale.

563 **La Morlière** (Charles Richer de Rhodes de), buste 15
grandeur nature, très-beau pastel, attribué à Latour,
a été gravé par Lépicié, encadré

564 **Lanoue** (Sauvé de), profil, sanguine, cadre ovale. 6

565 **Lareveillère** Lepeaux, buste, pastel, sous verre. 5

566 **Laroche** (Mlle), Opéra, buste, pastel. 8

567 **Laruette** (Mad.), buste, pastel. 12

568 — buste, pastel, cadre ovale.

569 — tête, — **Suier**, tête, 2 dessins aux crayons de 18
couleur, sous verres.

570 — buste, pastel, sous verre.

571 **Lathorillière** (P.-L. de), buste, pastel, cadre 7
ovale.

572 **Laval** (Mad. de), buste, coiffure poudrée, pastel, 3
sous verre.

573 **Lazy** (Mlle), Opéra, rôle du Ballet des Saisons, 5
1765, buste, pastel, encadré.

574 **Lebrun** (Mad. Vigée) dessinant, à mi-corps. Fort 10
joli dessin aux crayons de couleur.

575 **Lecouvreur** (Adrienne), rôle d'Électre, en pied, 12
crayon noir et blanc, encadré.

576 **Legros de la Neuville**, Basson au Vaudeville, 5
à la plume.

8	577	**Lekain**, rôles d'Orosmane et de Gengiskan, 2 bustes, bistre rehaussé de blanc, cadres ovales.	2	
22	578	**Lekain**, rôle d'Orosmane, tête grandeur nature, aux crayons de couleur, attribué à C. Vanloo.	13	
	579	**Leroy** (Mad.), jouant de la serinette, buste, pastel, sous verre.	2	75
3	580	**Leverd** (Mlle), buste nature, crayon noir, encadré.	1	
2 25	581	**Love** (Miss), actrice anglaise, mine de plomb.	2	50
15	582	**Lully** (J.-B.), aquarelle miniature, sur vélin, cadre du temps, sculpté.	25	
15	583	**Luzi** (Mlle), rôle de Pélerine, buste, pastel.	4	
8	584	**Maillard** (Mlle), buste, pastel, sous verre.	2	25
5	585	**Maillard**, buste, rôle, pastel, sous verre.	1	
12	586	**Mainvielle-Fodor** (Mad.), aquarelle, miniature.	13	
10	587	**Mario**, mine de plomb, d'ap. nature, par *Bard*.	9	50
4	588	**Mars** (Mlle), rôle de Betty, dans la Jeunesse d'Henri IV, buste, crayon noir. *Lemire aîné*, 1816, encadré.	4	50
3	589	**Mars** (Mlle), aquarelle, par *Carle*.	4	
8	590	**Mars** (Mlle) cadette, pastel.	2	
10	591	**Marsollier** des Vivetières, buste, très-beau, sépia d'ap. Mehû (devait faire partie de la col. Dabo).	7	
11	592	**Mazani** père, acteur au Caire, 1835, — Mazani fils, rôle de Charles Ier, — Mlle Mazani, 3 dessins et aquarelles, sous verre.	5	
5 50	593	**Meadows**, en pied, aquarelle, par Stothard.	3	
15	594	**Méhul**, buste, pastel.	40	
15	595	**Melingue**, à mi-corps, rôle, gouache, sous verre.		
1	596	**Mercy** (Mlle de), aquarelle.	4	50
4	597	**Minette** (Mlle), tenant sa fille, Vaudeville, 1812, *Carle delin*. (Delaunay), à mi-corps, estompe.	3	25

595

5 50   598 **Molé**, Comédie-Française, buste, pastel sur vélin,   10
        encadré.
        Molé, buste, pastel, encadré.   7
        Molé, buste, pastel.   10
2   **Molé**, buste, crayons de couleur.   8
        Ces **4** portraits pourront être divisés.

6   599 **Molière**, rôle de l'Avare, buste, pastel.   25

5   600 **Monicaux** (Mlle), auteur du Dédain affecté, co-   6
        médie de 1724, buste, coiffure poudrée, cadre ovale.

3 50   601 **Monrose**, buste, crayon noir. *Théodore Guérin.*   6 50

3 25   602 **Monvel**, Théâtre-Français, à mi-corps, pastel, gran-   12 50
        deur nature, tenant l'opéra de Sargine, encadré,
        sous verre.

1   603 **Moreau**, Opéra-Comique, buste, aquarelle. *Bar-*   2 50
        rois, 1811.

1 50   604 **Mouret** (Berger), à l'âge de 9 ans, violoncelle,   4
        comp. à l'Opéra, buste aux trois crayons.

2 50   605 **Munden**, acteur anglais, buste, mine de plomb.   3 50
        Charmant dessin.

1 8   606 **Nicolet**, buste, pastel.   10
1 4   607 — tête, dessin aux trois crayons.   5

2 1   608 **Nicolet** (Mad.), profil, crayon noir, *dessiné par*   2 50
        Dennel, 1776.

2 1   609 **Nicolet** (Mad. et Mlle), 2 profils, crayon noir.   4

1   610 **Noblet**, organiste, mort le 28 mai 1788, âgé de   2
        71 ans, crayon de couleur.

4 50   611 **Odry**, rôle de Morin dans Quinze Ans d'absence, en   3
        pied, belle aquarelle.

1 25   612 **Odry**, rôle de John, en pied, aquarelle, signée au   1 25
        dos, Daudel, 1837.

0   613 **Pantaleoni**, à mi-corps, aquarelle, sous verre.   4 50
        Pannetier, 1834.

6 50   — 614 **Paradol** (Mad.), Théâtre-Français, aquarelle, à   1 50
       mi-corps.

10   — 615 **Pennier** (Marie-Anne-Victoire), 1711, th. de la   1 50
       Foire, buste, pastel, par Mad. l'Échevin de Précourt.

5   — 616 **Pétrarque**, aquarelle rehaussée d'or.   1 75

6 25   — 617 **Philippe**, Porte-Saint-Martin, profil aux crayons   1 25
       de couleur.

3 25   — 618 **Philipps** (Henri), acteur anglais, par *Lane*, mine   2
       de plomb rehaussée de couleur. Cab. C. H.

7 50   — 619 **Pierrette** (Mlle) présentée par Sedaine à Marie-   3
       Antoinette pour jouer Rose et Colas, en pied, crayon
       et lavé de couleur, sous verre.

   620 **Piron**, buste aux trois crayons.   3 50

6   — 621 **Pluche** fils, compositeur, buste, pastel, par   o
       M. Maurice, âgé de 83 ans, en 1812.

6   — 622 **Poisson** (Paul), Th.-Français, à plusieurs crayons   1 50
       et lavé, buste, rôle, sous verre.

10   — 623 **Poisson**, buste, pastel.   12

   — 624 **Potier**, rôle du Cuisinier de Buffon, 2 aquarelles,   1
       par *Chaponnier fils*.

1   — 625 **Préville**, buste, rôle, pastel, sous verre.

10   — 627 **Préville**, buste (rôle de Rollin ?) aux trois crayons,   3
       buste encadré.

3   — 628 **Préville**, tête, en bistre, cadre ovale.

14   629 **Préville** (M. et Mad.), 2 profils en regard, crayons   40
       de couleurs, 2 cadres ovales.

6 50   630 **Prunier**, Opéra, buste, pastel, encadré.   o

13   — 631 **Quinaut** (Mad.) Dufresne dite de Seine, buste,   5
       pastel.

10   — 632 — tête, rôle d'Andromaque, 1725, aux crayons de   5
       couleur.

2 · 633 **Quiney** (Mlle), Variétés, en pied, dans son in- 8
térieur.

0 ·· 634 **Rabazzini** (Mad.), cantatrice italienne, aquarelle. 8

1 0 ··· 635 **Rachel**, rôle de Lucrèce, 1850, aquarelle, par 45
· Eust. Lorsay, cadre à fleurs. Cab. C. H.

0 ··· 636 **Radet**, auteur dram., buste, pastel. *Muneret*, 1801. 6

1 7 5 ··· 637 **Rafanel** (Constance), profil, sanguine, sous verre. 1 50

3 ··· 638 **Ramponneau**, buste, pastel. encadré. 1 0

2 25 · 639 **Regnard**, peint sur vélin, rehaussé d'or. 4 50

1 25 ··· 640 **Richardo**, cor, buste, crayon de couleur. 4
Richardo (Mad.), pianiste, crayon et aquarelle. 3

0 · 641 **Rigaud Pallard**, Op.-Comique, crayon noir, 1 50
sous verre.

1 25 ·· 642 **Romagnesi** le vieux, profil nature, aux trois 2
crayons, encadré.

1 50 ·· 643 **Romagnesi** (J.-A.), buste aux trois crayons, en- 8
cadré.

··· 644 **Romagnesi** (Aug.), en pied, mine de plomb. 2

1 ···· 645 **Romagnesi** (Mad.) aînée, rôle d'une Marchande 2 25
de bouquets, à mi-corps, crayons de couleur, sur
4 vélin. *Aug. de S. Aubin*, sous verre.
··· — buste dans un médaillon orné de fleurs, sanguine, 2
sous verre.

1 25 ·· 646 **Rosée** (Mad.) la jeune, actrice, buste, coiffure pou- 5
drée, pastel, encadré.

2 50 ·· 647 **Rousseau** (J.-J.), en Arménien, d'ap. Ramsay, 2
beau dessin, crayon noir et estompe, sous verre.

2 ·· 648 **Rowinski**, danseuse polonaise, en pied, aquarelle, 7
sur vélin.

4 ·· 649 **Rubini**, en pied, lithog., par Maurin, superbe 4
coloris imitant l'aquarelle.

10	— 650	**Saint-Aubin** (Mad.), tête, pastel.	1	25
5 50	— 651	— rôle de Cendrillon, en pied, aquarelle, par Carle Delaunay.	5	50
	— 652	**Saint-Aubin** (Mad.), buste gravé en manière noire, par *Debucourt*. Très-rare.	3	Vaq
15	— 653	**Saint-Fal**, buste, aquarelle. *A.-P. Vincent*, 1818.	8	
15	— 654	**Saint-Huberti** (Mlle), — **Voltaire**, 2 portraits profil exécutés en traits de plume, 2 cadres ovales.	5	
28	— 655	**Saint-Prix**, Théâtre-Français, buste, crayon noir, dessiné d'ap. nature par Leclerc, 1817.	1	50 Vaq
	— 656	**Sarazin**, buste, pastel, grandeur nature.	2	25
5	— 656 bis.	**Siddons** (Mad.), actrice anglaise, buste, pastel, sous verre.	1	25
	— 657	**Silvia**, coiffure poudrée, buste, pastel, sous verre.	5	
3 50	— 657 bis.	**Stiebelt**, profil, crayon noir.	1	25
5	— 658	**Taglioni**, petit buste, crayon noir.	1	50
15	— 659	**Talma**, tête nature, au crayon noir, encadré.		
3		**Talma**, en pied, rôle d'Hamlet, à la plume, lavé, encadré.	3	50
		Talma, rôle de Néron, buste à l'encre de Chine. *Monsiau, del.*		
1	— 660	**Thénard** (Mad.), buste, crayon noir. *Roberti*.	1	50
5	— 661	**Tiercelin** (Mad.), rôle de Mad. Gobineau, crayon noir, cadre ovale.	1	
22	— 662	**Vernier** (Marie), femme de Mathurin Lefèvre, dit Laporte, actrice du Marais, 1600, tête aux crayons de couleur.	2	75
2	663	**Volnais** (Mlle), Th.-Français, par Carle, profil, crayons noir et rouge.	1	75 Vaq
4	— 664	**Voltaire** (l'ombre de), en pied, dessiné sur satin à l'aquarelle, par *L.-Ch. Dagu*.	5	

b — 665 **Voltaire**, tête sanguine, d'ap. Houdon.   8

o   666 **Voltaire** à la Bastille, mine de plomb, *Eug. Brocas*.   6

2 — 667 **Wilson**, in Amélie, en pied, mine de plomb, par   5   50
        Lane. Cab. C. H.

Réunions, Collections de Portraits.

7   50   668 Adeline, rôle de bergère ; — Carline, rôle de bac-   33
        chante ; — Colombe aînée, rôle de bacchante ; —
        Laguerre ; — Maillard ; — 5 costumes aux crayons
        de couleur, sous verre.

3   669 Bérard, — Bisson, — Leclerc, — Mendeville (Mes-   2 8 50
        dames), Juillet fils, — Volanges, 6 bustes, crayons
        de couleur, sous verres.

12   670 Mesdames Bourgoin, — Leverd, — Menjaud, —   1 8
        3 portraits, bustes aux crayons de couleur et estompe,
        par *Bouchardy*.

14   50   671 MM. Armand, — Cartigny, — Damas, — Firmin, —   44
        Lafon, — Michelot, — Michot, — Thénard, —
        8 port., buste aux crayons de couleur et estompe,
        par *Bouchardy*, pourra être divisé.

5   672 Brécourt, — Dacosta, — Joli, — Pierson, — 4 cos-   17   50
        tumes, aquarelles.

   673 **Carlin** et Mad. **Riccoboni**, en Colombine, avec
        vers à Thalie.

2 4   — **Riccoboni** (Mad. Hélène Baletti, dite Flaminia)
        et **Rochard** de Bouillac, avec vers à Euterpe.

   — **Voltaire** et **Racine**, avec vers à Melpomène.
        3 compositions, aquarelles et gouaches, attribuées à
        Mad. de Pompadour, pourront être divisées.

8   674 **Chenard**, — **Grassari**, — **Mars**, — 3 por-   5
        traits bustes, crayon noir, par Tassaert, sous verre.

1 25 — 675 Duchaume, — Henri, — Hippolyte, — Julien, — 4 portraits au crayon noir pour Fanchon la Vielleuse. — *3 50*

3 — 676 **Emery, — Mill, — Parsons,** — acteurs anglais, bustes, aquarelles, par de Wilde, 3 cadres. Cabinet C. H. — *18*

6 — 677 Grignon, — Bernard-Léon, — Monval, — Alcide Tousez, — Mlle Désirée Mayer, — Mlle Lucile Durand, 6 port. en pieds, dessins à la mine de plomb, par *Eustache Lorsay*, réunis dans le même cadre. — *6 50* *cab. à Metz.*

6 25 — 678 Hippolyte, Arsène, Minette, Vertpré, Leverd, Dupont, Paul, 7 dessins, crayons et aquarelles, réunis dans le même cadre. Vente C. H. — *2*

22 25 — 679 Leclerc (Mlle) et Juillet fils, — Bisson (Mlle) et Volange, — Fannier (Mlle) et Feulie, 3 scènes, crayons de couleur. — *5*

— 680 **Mook (Miss), — Maharty,** scène, aquarelle de *G. Davies*. Théâtre anglais. Cab. C. H. — *3*

87 — 681 Costumes pour Panurge dans l'île des Lanternes, Aurore, Beaumont, Breffot, Charmoi, David, Defrenneville, Deslions, Desportes, Desrosières, d'Huterive, Dubuisson, Fel, Garrus, Glachant, Joséphine, Lacourneuve, Launer, Leclerc, Macker, Nanine, Rouxelin, Ste-James, 22 costumes de chinoises, aquarelles rehaussées d'or, sous verres. — *6*

682 Environ 40 pastels et dessins seront détaillés sous ce neméro.

Molière et sa troupe

5 50

15 Sous verres — 7-50

8 — 3

8 — 2

8 — 7

6 pastels — 2 75

SCULPTURE

Biscuit, Bronze, Cire, Terre cuite, Plâtre.

683 **Dorhe** (Mad.), buste, plâtre stéariné de Flosi, grandeur naturelle. Cab. C. H.

684 **Rachel** (Mlle), buste plâtre stéariné, très-rare. Il est raccomodé. grandeur naturelle. Cab. C. H.

685 **Rachel** (Félix), profil, médaillon, bas-relief, plâtre, par Adam Salomon (signature sous verre.)

686 Baptiste aîné, — Dubourjal, — Molière, — grands médaillons ; — Aug. Brohan, — Derosselles, — Mars, — Pierron, — 7 médaillons. plâtre bronzé.

687 Barré, — Belmont, — Blosseville, — Carpentier, — Chapelle, — Desmares, — M. et Mme Duchaume, — Fichet, — Henri, — Hervey, — Hyppolite, — Julien, — Laporte, — Rosières, — Vertpré, — 18 médaillons, plâtre bronzé.

688 Médaillons, plâtres, 9 des mêmes. — Ad. Nourrit, par Mercier ; — Caroline Duprez, par Imbaut ; — Mathilde Guisolphe ; — 12 médaillons, plâtre. — Mad. Dorval, carton-pierre, 13 p.

689 **Durancy** (Mlle), — **Lekain**, 2 médaillons, plâtres, cadres ovales.

690 Henri, — Hippolyte, — Laporte, — Rosières, — 4 médaillons, plâtres, cadres ronds. — Recty, cadre carré, 5 pièces.

691 **Devienne**, — **Mezerai** Mlles), 2 médaillons, profils, haut-relief, plâtre bronzé. Très-rares.

692 E. **Contat**, *Babouot*, 1813. — **Leverd**, — Mad. **Théodore**, *Posch*, 1810. 3 petits médaillons, plâtre, encadrés.   1 25

693 **Picard**, profil, haut-relief, attribué à Houdon, en albâtre, cadre ovale.   2 25

694 **Bonaparte** (Lucien), profil, biscuit, cadre ovale.   1 25

695 **Saint-Aubin** (Mad.), médaillon en biscuit, *Brachard*, *ft. à Sèvres*, *mars* 1817. On dit ce médaillon unique.   1 50

696 **Lemierre**, médaillon, terre cuite, cadre ovale.   3

697 **Beauvallet**, par A. Baron, médaillon, bronze, cadre rond.   4

698 **Dupont** (Marie), 1853, médaillon unique, bronze, cadre rond.   4

699 **Mars** (Mlle), 1828, médaillon, bronze. *David. Porta.*   1 50

700 **Rachel**, 1840, médaillon, bronze. *A. Baron*   5

701 **Clive** (Catherine), actrice anglaise, repoussé en argent.   6
Dante, gravé sur nacre, cadre argent.
Voltaire, scène, médaillon, dit cuir bouilli.

702 Chérubini, — Sarrazin, en bronze ; — Denon, petite médaille, argent ; — Laure, cuivre ; — Grétry, — Etienne, en plomb ; 6 médailles.   3

703 Corneille (P.), — Dalembert, — Descartes, — Destouches, — Diderot, — Lachaussée, — Molière, — Montesquieu, — Newton, — Racine, — J.-J. Rousseau, — 10 cadres, cuivres, ovales. Diderot est sans cadre. 11 médaillons en plomb.   4

704 **Grétry**, — **Tulou**, — 2 cires, par *Romagnesi*. Ciceri, décorateur. — Vogt, hautbois. — 4 profils en cire, encadrés.   1

20 — 705 Adam, — Aubert, — Baillot, — Berton, — Boïël-
dieu, — Catel, — Chérubini, — Gossec, — Habeneck,
— Kreutzer, — Lafont, — Lesueur, — Paër, —
Plantade, — Reicha, — 15 profils en cire réunis
dans le même cadre.

LIVRES SUR LES THÉÂTRES

Journaux, Biographies, Annuaires.

11 706 Mémoires pour servir à l'histoire des spectacles de la
Foire. Paris, 1742, 2 vol. in-12, fig., v. m.

7 707 Théâtre de la Foire, Opéra-Comique, 1 vol. Pièces
de l'Opéra-Comique. En tout, 3 vol., v. m.

5 708 Histoire de l'Opéra, — Ballets et opéra, — Danse et
les ballets, — Le Rideau levé, 4 vol.

9 50 709 Histoire de l'ancien Théâtre-Italien, depuis son origine en France jusqu'à sa suppression, 1697. Paris,
1753. — Le Nouveau Théâtre-Italien. Paris, 1753.
Recueil de comédies, 10 vol. in-8, veau. — 11 vol.

13 50 710 Histoire du Théâtre-Italien depuis son rétablissement
jusqu'à 1769, 7 vol. reliés en 6. — Catalogue rai-
sonné, 1 vol. — Histoire de l'Opéra-Comique, 2 vol.
en un. 8 vol., cart.

4 711 Le Théâtre italien de Gherardi, 1700, 6 vol. in-12,
veau, fig.

3 50 712 Le nouveau théâtre italien, recueil de comédies.
8 vol. in-12. Paris, 1729, veau.

2 5 713 Histoire du Théâtre-Italien, par Louis Ricoboni, dit
Lelio, 2 vol. in-8. Paris, 1731, fig. gravées par Jou-
lain, costumes de théâtre, veau.

714 Les parodies du nouveau Théâtre-Italien, ou recueil des parodies du Théâtre de Bourgogne. Paris, 1738. 3 vol. in-8, veau, fig. — 4 25

715 Annales du Théâtre-Italien, par M. d'Origny. Paris, veuve Duchesne, 1788, avec portrait de l'auteur. — Essai sur l'opéra, traduit du comte Algarotti. Paris, 1773, d.-rel. en un fort vol. in-8. — 5

716 Histoire du Théâtre-Français depuis son origine jusqu'à présent, par les frères Parfait. Paris, 1734 à 1749, en 15 vol. in-8, reliés en veau. — 29

717 Abrégé de l'histoire du Théâtre-Français depuis son origine jusqu'au 1er juin 1780, par le chevalier de Mouhy, avec son portrait, 3 vol. in-8, bas. — 5

718 Histoire du Th.-Français, par Étienne et Martainville, 4 vol. in-12, avec portraits. Paris, an II-1802, d.-rel. — 3 50

719 Galerie historique des acteurs du Th.-Français, par Lemazurier. Paris, 1810, 2 vol., d.-rel. — 8 50

720 Recherches sur les théâtres de France depuis 1161 jusqu'à présent, par de Beauchamp. 3 vol., 1735. veau marbré. — 7

721 Dictionnaire des théâtres de Paris, 7 vol. in-12 Paris, 1767, veau marbré. — 9

722 Dictionnaire des théâtres, annales dramatiques, par Rabaut, 9 vol. in-8. Paris, 1808, d.-rel. — 16 50

723 Calendrier historique des théâtres, de Duchesne, avec fig., de 1752 à 1793. — 42 vol., rel. en veau et maroq. 1794, en 2 parties brochées. — an VIII, — an IX, — 1815, en tout 47 vol. — 40

724 Almanach des spectacles, musique, etc., 1772, 1773, 1774, 1788, 1792, an IX. 12 vol. — 9 50

9 · 725 Mémorial dramatique, 1807, — 1809 à 1815, — 1817 à 1819. — 10 vol., brochés.

14 50 726 Almanach des spectacles, 1816 à 1824. — 9 vol.

3 50 727 Almanachs théâtrals, Annales de Thalie, musicales, etc. 26 vol., br. — Annuaire de l'Association des artistes dramatiques, de 1840 à 1847, etc. 12 petits vol. En tout, 38 vol., br.

2 728 Almanach des spectacles, de 1822 à 1837. Barba. — 16 vol. carton, 2 sont brochés. *12 Ved*

4 729 Etrennes dramatiques, vérités à l'ordre du jour, 1798, — an VII, — an VIII, — br.

8 730 Annuaire dramatique, in-32, avec portraits, 1804, 1805, — 1807, — 1808, — 1809, — 1812, — 1813, — 1814, 1815, — 1816, — 1817, — 1819, — 1821, 1822. — 13 vol., br. — Annuaires dramatiques, 1839 à 1849, — 9 brochures. En tout, 22 brochures.

3 731 L'Indicateur général des spectacles de Paris, etc., 1819, — 1820, — 1822-1823. — 4 vol., br.

9 50 732 L'Opinion du parterre, ou Censure des acteurs, auteurs et spectateurs du Th.-Français. Paris, Martinet, germinal an XI jusqu'en 1813. — 10 vol. in-18, cartonnés.

3 75 733 Histoire des petits théâtres, par Brazier, 2 vol — Revue des Comédiens, par M...., 2 vol, 1808. — 4 vol. in-18, d.-rel.

1 734 Le Gil-Blas du théâtre, par Michel Morin, 2 vol. in-8, 1833, br.

2 50 735 Le théâtre d'autrefois, 3 vol gr. in-8, br. Paris, 1842 à 1844.

8 736 Le monde dramatique. 7 vol. gr. in-8, avec figures. Paris, 1839, br.

737 Toiles peintes et tapisseries de la ville de Reims, ou la mise en scène du Théâtre des confrères de la Passion, par Leberthais et Louis. Paris, 1843, 2 vol. in-4, fig. dans le texte.   6 50

738 Le Courrier des spectacles, ou Journal des théâtres, du 18 nivôse an v, samedi 7 janvier 1797, au 31 mai 1807. Cartonné en 21 vol.   2 6

739 Moniteur des théâtres, gazette officielle, de 1839 à 1841. 5 vol., d.-rel.   3 25

740 France théâtrale, journal des intérêts artistiques et littéraires, de 1843 à 1858, broché selon les 4 formats différents.   1 4

741 Mémoires de H. L. Lekain. Paris, an ix-1801. Vol. in-8, portrait, bas. — Mémoires de Dazaincourt, in-8. Paris, 1809, portrait, d.-rel. — Mémoires de Fleury. Paris, 1844, 2 vol. in-8, br.   5 50

742 Mémoires de Favart, 2 tomes en 1 vol., 1808. — Mémoires de Clairon, 2e édition, an vii, avec portrait. De l'organisation des spectacles, 1790, en 1 vol. — Journal de Collé, 1805, 3 vol. cart., bas.   12

743 Anecdotes dramatiques contenant la liste alphabétique de toutes les pièces de théâtre depuis l'origine, tous les ouvrages dramatiques, les anecdotes, les noms des auteurs, musiciens et acteurs, jusqu'à ce jour, 1775, 3 vol. in-8, bas.   9 50

744 Costumes et Annales des grands théâtres de Paris, 6 vol., avec grand nombre de portraits et figures en costumes gravés en couleur par Janinet, demi-rel., de 1786 à 1789.   6 9

745 Les Souvenirs et les Regrets du vieil amateur dramatique. Paris, 1829. vol. in-12, fig., demi-rel.   9

14
10   746 Acteurs et actrices célèbres, par S. Sauveur. Paris, 1808, 30 portraits coloriés.

5 50   747 Le Censeur Dramatique ou Journal des Théâtres, par Grimaud de la Reynière, 3 vol. in-8, 1797, broch.

2 6   748 Le Chroniqueur Désœuvré, 1782-1783-1784, en 1 fort vol., br., Londres, à Memphis.

7   749 Journal de Collé, in-8, 1805, cart.

2 50   750 Curiosités historiques de la Musique, par Fétis, in-8. Paris, 1830, br.

0   751 Souvenirs de Jean-Nicolas Barba, avec portrait, in-8, 1846. — Annuaire des Lettres, des Arts et des Théâtres, avec illustrations, in-8, 1846-1847, 2 vol. br.

8 50   752 Biographie universelle classique. Paris, Gosselin, 1820, 3 vol., demi-rel.

1   753 Martyrologe littéraire, dictionnaire des auteurs vivants, 1816, in-8. — Statistique des gens de lettres et savants, 1837, in-8. — Biographie étrangère, 2 vol. in-8. Emery, 1819, cart.

13 50   754 Biographie diverses, environ 80 p., vol. et brochures.

15 6   755 Ouvrages divers sur les théâtres, environ 50 vol. et brochures.

5 6   756 Environ 50 vol. Horace, Traité de mécanique, Dictionnaire militaire, etc.

6 1   757 Environ 1,000 pièces de théâtre classées par ordre alphabétique, nombre avec figures.

5 6   758 The Dramatic Mirror, par Th. Galliland, 2 vol. in-12, fig. Londres, 1808, cart.

5 50   759 Biographia Dramatica, 4 vol. in-8. Londres, 1812, cart.

6- 760 The Thespian Dictionnary, 2ᵉ édit., vol in-12. Londres, 1806, fig. rel. bas.   3 75

- 761 A Biographical dictionnary of Musicians, en 2 vol. in-8, cart. Londres, 1824.   4 75

762 Shakespear, 6 vol. in-12. Londres, 1773, fig. demi-rel.   11 50 *Vuy*

763 Oxberry Dramatic Mirror, 24 lives et portraits, vol. broch.   3

764 Caractères des poëtes allemands avec portraits, par Pfenninger. Zurich, 1789, in-8, en français.   1 25

765 Catalogues des Ventes Bignon, d'Espinoy, de Soleine, Autographes et Estampes, et autres, environ 25 brochures.   1 *Vuy*
          1

756

757

758

Renou et Maulde, Imprimeurs de la Compagnie des Commiss.-Priseurs, rue de Rivoli, 144.   1621